나무가 전하는 말

나무가 전하는 말
나무에게 배우는 인생의 지혜

초판 1쇄 인쇄 2018년 4월 20일
초판 1쇄 발행 2018년 4월 25일

지은이 김진록
그림 권형우

펴낸이 양은하
펴낸곳 들메나무 출판등록 2012년 5월 31일 제396-2012-0000101호
주소 (10446) 경기도 고양시 일산동구 백석로86번길 74-8 201호
전화 031) 904-8640 팩스 031) 624-3727
전자우편 deulmenamu@naver.com

값 13,000원 ⓒ 김진록·권형우, 2018
ISBN 979-11-86889-11-4 03810

이 도서의 국립중앙도서관 출판예정도서목록(CIP)**은 서지정보유통지원시스템 홈페이지**(http://seoji.
nl.go.kr)**와 국가자료공동목록시스템**(http://www.nl.go.kr/kolisnet)**에서 이용하실 수 있습니다.**(CIP제어번호:
CIP2018011101)

나무에게 배우는 인생의 지혜

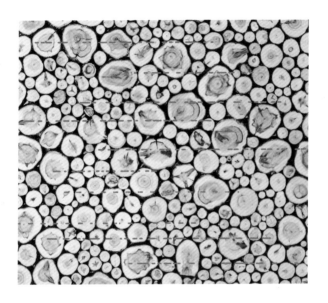

나무가 전하는 말

김진록 지음 ¦ 권형우 그림

들메나무

나무는 제 손으로 가지를 꺾지 않는다.

그러나 사람은 제 미움으로 가까운 이들을 베어버린다.

| 톨스토이 |

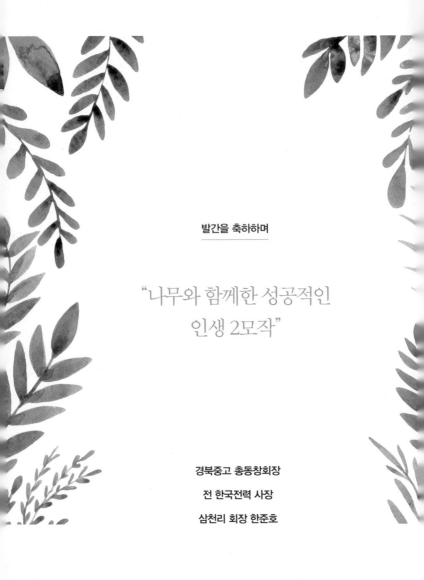

발간을 축하하며

"나무와 함께한 성공적인
인생 2모작"

경북중고 총동창회장

전 한국전력 사장

삼천리 회장 한준호

에너지 관련 학과를 전공하고 공기업에서 평생 직장생활을 한 저자가 은퇴 후 강원도 산골 오지에서 숲 해설을 한다고 했을 때 솔직히 '나무에 대해 뭘 안다고?'라고 생각했다. 우리 세대의 산이란 벌거숭이 민둥산에 조림, 즉 나무를 심는 것에만 열중했을 뿐, 숲에서 피톤치드, 음이온 등 건강에 이로운 물질이 나온다는 것에 관심을 가진 기간은 매우 짧다. 더구나 생명이 있는 나무를 보고 느낀 것들을 이야기로 만들어 숲에 대한 해설을 해준다니, 격세지감을 느낀다.

생각해보면 저자가 나무와 전혀 관련 없는 일을 한 것은 아니다. 석탄 산업에 오래 종사했으니 어찌 보면 산, 즉 나무와 깊은 관련이 있다고 볼 수도 있다. 석탄은 양면이 있다. 석탄 개발을 위해 산림을 훼손했지만, 땔감으로 사용한 나무를 석탄으로 대체함으로써 산림을 보존했으니, 오늘의 울창한 숲이 있게 하는 데 석탄의 역할도 컸음을 부인할 수 없다. 그러니 퇴직 후 인생 2모작을 위해 산으로 갔다는 것은 매우 자연스러운 일인지도 모른다.

숲해설가로서의 8년이란 짧지 않은 기간에 숲에서 보고 느낀 것을 책으로 엮었다니 그가 선택한 인생 2모작은 성공적이었다고 생각한다. 저자는 나와 중고등학교 동기동창이며 인생을 가장 열심히 그리고 정직하게 살아가고 있는 사람 중의 사람이다. 글을 잘 쓰고 못 쓰고를 떠나서 퇴직 후 뭔가 하겠다는 의지를 보여준 친구가 자랑스럽다. 다정한 친구에게 조근조근 말하듯 풀어가는 정겹고 따뜻한 그의 나무 이야기를 통해 숲을 이해하고 관심을 기울이는 데 도움이 되기를 기대한다.

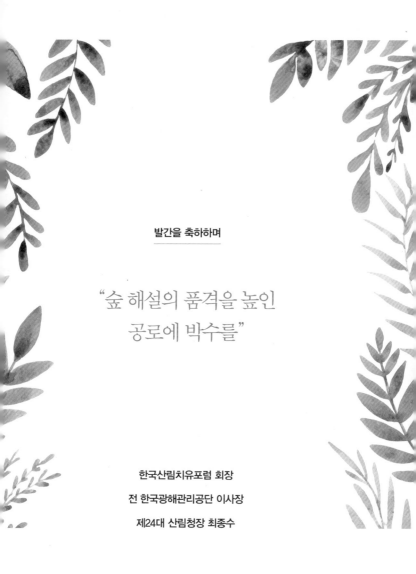

발간을 축하하며

"숲 해설의 품격을 높인
공로에 박수를"

한국산림치유포럼 회장

전 한국광해관리공단 이사장

제24대 산림청장 최종수

산림청장의 소임을 마치고 한국광해관리공단의 이사장으로 근무하던 2006년, 공단의 상임고문인 저자를 처음 만났다. 저자는 공단의 설립 당시부터 임직원으로 근무했고, 공단의 투자회사인 문경골프장 설립을 성공리에 완수한 뒤 공단의 고문으로 취임했다. 이런 인연으로 지금까지 서로 교분을 맺고 있다.

저자가 제2의 인생을 위해 2009년 숲해설가 교육을 받는다는 얘기를 들었을 때는, 퇴직 후 무료함을 달래기 위함이겠지 하고 단순하게 생각했다. 서울 등 대도시에서만 생활해온 저자가 산간 오지에 들어가 혼자 생활할 수 있을까 하는 의구심도 들었지만, 다른 한편으로는 공기업 임원 출신인 저자가 풍부한 사회 경험, 인생 경험을 바탕으로 숲 해설을 맡는다면 숲 해설의 수준을 격상시키는 데 기여할 수 있지 않을까 하는 생각도 들었다.

이 책에서 저자는 숲을 찾은 사람들에게 나무와 사람과의 관계, 숲과 건강, 특히 저자가 평생을 바쳐 일해온 암석 관련 이야기 등을 자기만의 시각으로 소개한다. 또한 숲에 대한 다양한 정보와 함께 경험과 연륜에서 묻어나는 나무와 인생의 통찰까지 나눠주고 있었다. 산림청에서도 숲에 대한 소중함이 부각되면서 나무에 대한 단순 정보가 아닌 스토리가 있는 숲 해설을 강조한다.

저자가 2010년 강원도 정선 국립가리왕산자연휴양림에서 첫 근무를 시작한 지 8년이란 세월이 흘렀다. 그 경험을 책으로 발간한다니 놀랍기도 하고, 산림청의 수장을 지낸 사람으로서 매우 뜻깊고 뿌듯한 마음을 숨길 수 없다. 어떻게 보면 산림과 전혀 관련이 없는 것처럼 보이는 지질학을 공부한 저자가, 숲과 나무와 가장 밀접한 관련이 있는 지질학도다운 눈높이에서 숲 해설의 품격을 한 단계 격상시킨 공로를 인정해주고 싶다.

앞으로 펼쳐질 그의 인생 3모작이 궁금하다.

들어가며

나무가 들려주는
인생의 지혜

퇴직 후 친구들과 산에 갈 때마다 늘상 우리 어릴 때와는 다르게 나무가 참 많아졌다는 생각이 들었다. 아마도 연탄 덕분이겠지. 사람들이 나무를 땔감으로 쓰지 않으니까. 그렇게만 생각했던 2009년 어느 날, 한 고교 선배로부터 제2의 인생을 보람 있게 보낼 수 있는 직업으로서 숲과 나무를 설명하는 '숲해설가'를 권유받았다. 매일 등산도 하고 용돈도 벌고, 꿩 먹고 알 먹고 정말 멋진 일이라고 생각했다. 곧바로 국민대학교에서 시행하는 숲 해설 교육과정에 등록하여 소정의 교육을 이수하고, 내친김에 한국녹색문화재단과 한국산림치유포럼에서 공동 실시하는 숲치유 교육을 횡성숲체원에서 받았다.

국민대학교에서 시행하는 숲 해설 교육과정에서는 국민대학교 전영우 교수의 '숲과 문화'라는 강의에 깊은 감명을 받았고, 산림치유포럼에서는 '왜 숲인가'라는 이시형 박사의 강의를 듣고 큰 깨달음을 얻었다. 그때까지 머릿속에 남아 있는 숲과 나무에 대한 선입견으로는 목재, 땔감, 등산 정도로만 알고 있었는데 위의 두 강의를 들으면서 숲이 곧 문화이고 건강이라는 것을 재인식하게 되었다. 더 나아가 인간이 숲에서 태어나 숲에서 진화해왔다는 점을 몸소 체득한 이후부터는 전혀 새로운 세계가 눈앞에 펼쳐지는 감동의 연속이었다.

이후 숲 관련 책을 여러 권 구해 읽으면서 숲과 나무에 대해 조금씩 눈을 뜨기 시작했다. 숲해설가들의 필독서로 불리는 〈궁궐의 우리 나무〉에서 저자인 박상진 교수는 "나무에게 입이 있고 문화가 있었다면 필히 보고 들은 사연을 수많은 기록으로 남겼을 것이다. 그렇지 못하니 내가 감히 그들의 지난 역사를 알아보겠다고 뛰어들었다"라고 적고 있다. 매우 공감이 가는 생각이었다.

그후 숲해설가로 근무하면서 나름대로 나무에 대한 의문점과 그에 대한 해답을 찾았다. 이 나무는 왜 이렇게 독특하게 생겼을까? 저 나무는 우리에게 무슨 말을 하려고 저

러는 것일까? 미끈하게 잘생긴 저 나무는 아무 근심과 걱정 없이 소위 금수저로 태어나서 왜 키 크는 데만 몰두할까? 다래나무는 왜 몸을 꼬면서 남에게 빌붙어 하늘로 올라갈까? 등등. 필자는 나무를 전공한 전문가는 아니지만, 숲 해설 현장에서 나무와 숲과 생활하다 보니 나름대로 나무를 알아가고 나무와 대화하는 법을 터득했다. 그 결과 나무도 생각이 있지 않을까 하는 마음으로 나무가 우리에게 하고 싶어 하는 이야기와 느낌 등을 조금씩 글로 표현해보았다.

숲과 나무를 잘 모르는 비전문가 지질학도가 숲 해설 8년을 회고하면서 느낀 것들 중 27꼭지를 골라내서 서툰 솜씨로 풀어냈다. 모쪼록 말도 안 된다 질책하지 마시고 있는 그대로 봐주시기 바란다. 한 가지 소망이 있다면, 믿음직스러운 외손자(조장현)와 사랑스러운 외손녀(오서진)가 이 책을 통해 숲을 사랑하는 청소년으로 자라서 나무처럼 모두에게 이로움을 나눠주는 따뜻한 사람이 되는 것이다.

돌이켜보면 숲해설가로서 근무할 수 있었던 것은, 숲 해설 교육을 함께 받은 김진선 선생님, 원진희 선생님의 도움이 절대적이었다. 두 분은 숲 해설 백지 상태인 필자에게 개인 교습을 통해 숲 지식을 아낌없이 전수해주었다. 두 분께 이 자리를 빌려 고마움을 전한다. 이 책이 발간되기까지 그림과 사진을 제공해주신 가톨릭대학교 숲치유 교육과정 동기인 권형우 선생님과 부실한 원고의 정리, 타이핑 등 많은 고생을 하신 백호형 선생님께도 고마움을 표한다. 마지막으로 이 책이 발간되도록 용기를 북돋아주신 들메나무 출판사 양은하 대표님께도 감사함을 전한다.

2018년 4월
양구 대암산 자락 숨골마을에서
김진록

자연을 아는 것은

자연을 느끼는 것의 절반만큼도 중요하지 않다.

| 레이첼 카슨 |

Chapter
1

나무는 제 손으로 가지를 꺾지 않는다

Chapter
2

나무에게 배우는 인생의 지혜

Chapter
3

나도 나무처럼 늙고 싶다

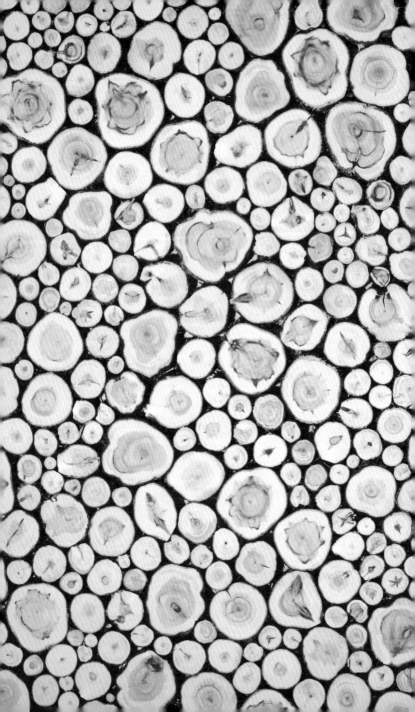

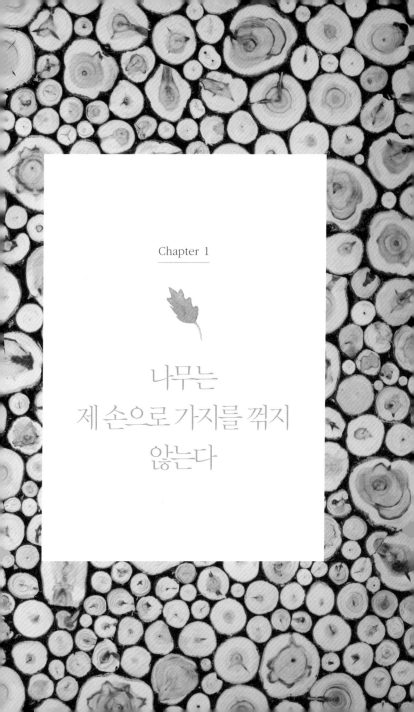

Chapter 1

나무는
제 손으로 가지를 꺾지
않는다

지금,
왜 숲인가?

최근 산림청과 각 지방자치단체에서 '치유의 숲' 조성에
열을 올리고 있다. 왜 숲일까? 숲이 건강해야 인간도 건
강할 수 있다는 생각에 숲에 관한 몇 가지 단상을 적어보
고자 한다.

어느 건강 칼럼에서 인간의 장기 중에 간肝이 할 수 있는
기능을 최첨단 과학을 이용하여 공장을 만든다면 여의도
63빌딩 정도의 공장 설비가 필요할 것이라는 글을 읽은
적이 있다. 그렇다면 왜 조물주는 인간을 완벽하게 만들

아름다운 자작나무 숲의 사계절 모습

어놓고, 병이 들었을 때 그 치유 방법은 마련하지 않았을까 하는 의문이 들었다. 혹시 간편한 치유 방법이 있는데 인간들이 깨닫지 못하고 현대의술에만 의존하는 게 아닌가 하는 의구심이 떠나지 않았다. 그 의문점이 나를 숲으로 이끌었다.

필자는 자원 관련 공기업에서 퇴직하고 국민대학교 숲해설교육(2009년), 산림청 치유지도사교육(2009년), 가톨릭대학교 치유지도사교육(2015년)을 이수하면서 숲을 이용한 자연의학의 중요성을 알게 되었다. 한국자연의학종합연구원 원장이자 힐리언스 선마을 촌장으로 있는 이시형 박사로부터 "이제 현대의학은 끝났다. 숲을 이용한 자연의학만이 살 길이다"라는 치유 강의를 듣고 숲의 자연치유 기능에 많은 관심을 갖기 시작했다. 그 결과 자연의학을 연구하는 학자들은 의사의 아버지로 불리는 히포크라테스가 한 말과 일맥상통하는 주장을 하고 있었고 전 세계적으로 자연의학이 대세를 이루고 있음을 알게 되었다.

인간은 동아프리카 사바나 숲에서 태어나 5백만 년 긴 세월 동안 숲과 더불어 살아왔다. 인간이 숲에서 나와 농경 공동체를 이루며 산 것은 5천 년에 불과하다. 게다가 지금처럼 매일 배불리 먹고 추울 때 따뜻하게 지내고 더울 때 시원하게 지내기 시작한 것은 100년도 채 되지 않는다. 오랜 세월 숲에서 살면서 진화되고 인간의 DNA 속에 녹아 있는 특성이 현대사회의 잘못된 생활습관으로 인해 매우 혼란스러워졌다. 세계적 면역학자인 아보 도루 일본 의과대학 교수는 "병의 예방이나 치유와 같은 일들은 잘못된 생활습관의 개선 없이는 불가능하다"라고 그의 저서 〈면역의 힘〉에서 강조하고 있다. 그러나 그 부조화를 조절하고 치유해주는 고마운 곳이 바로 숲이다.

결론적으로 조물주는 인간의 몸도 완벽하게 만들었고, 병 없이 건강하게 살아가는 방법도 쉽고 간편하게 만들었다. 5백만 년 동안 이어져온 인간의 DNA가 숲속 생활에 적합하게 진화, 각인된 대로 살아가면 된다. 즉, 일찍 자고

일찍 일어나고, 채소 위주로 소식하고, 하루 5km 이상 걸으면서 숲과 함께 살아가면 된다.

숲의 중요성을 강조한 예

● 서양(히포크라테스) :

자연(숲)은 모든 병을 치유한다.

음식으로 고칠 수 없는 병은 의술로도 못 고친다

음식보다 더 중요한 것이 인간이 사는 장소이다.

● 동양(한문) :

人(사람) + 木(나무) = 休(휴식)

人(사람) + 山(산, 숲) = 仙(무병장수)

다래나무의
헛된 꿈

능력에 비해 욕심이 많으면 주변에 피해를 끼친다. 다래
는 출세욕이 대단히 많은 친구다. 내가 본 다래는 주변의
가래나무 등 키 큰 나무들 때문에 답답해하며 보이지 않
는 저 위 하늘의 세계를 너무나 궁금해하는 것처럼 보인
다. 어둠이 꽉 찬 숲을 뚫고 주변보다 더 높게 솟아올라
찬란한 햇볕을 저 혼자 받고 싶어한다.

그러기 위해서는 주변의 키 큰 나무보다 더 빨리 성장해
야 한다. 그래서 다래나무는 편법을 쓰기로 작성했는지도

나무를 타고 오르는 다래나무 넝쿨

모르겠다. 목표는 오직 하나, 숲 위의 하늘 세계로 승천하기 위해 자기의 모든 것을 아낌없이 던져버리고 수십 년 성장한 가래나무를 이용하여 단숨에 꼭대기까지 타고 올라간다는 야비한 전략이다.

다래나무는 이 하나의 소원을 위해 자신의 모든 것을 희생했다. 어린잎은 초봄의 나물로, 열매는 맛있는 키위(다래)로, 줄기는 노스님의 지팡이와 겨울의 설피로, 인간의 혈액과 같은 수액까지 아낌없이 모두 인간에게 제공한다.

식물 생태계를 잘 모르는 필자가 관찰해본 결과 명품나무로 칭하는 황장목, 다릅나무, 가래나무는 겉과 속의 색깔이 달랐다. 특히 가래와 다래는 어린 가지일 때 속의 갈색 칸막이가 있는 매우 특이한 구조를 타고났다. 여기에

● 설피(雪皮) : 산간 지대에서 눈에 빠지지 않도록 신 바닥에 대는 넓적한 덧신. 칡, 노, 새끼 따위로 얽어서 만든다.

탐스럽게 달린 다래 열매

무슨 특별한 기능이 있지 않을까 하는 의문이 들지만, 아직까지 연구가 부족하다는 게 식물 전공학자의 답변이다.

그러나 성장하면서 가래나무는 중국에서는 황제의 관으로 사용되는 명품나무로, 다래나무는 노스님의 지팡이로 활용된다. 이 부분에 대해선 다래도 인정할 수밖에 없다. 왜냐하면 가래의 굵고 단단한 줄기는 수십 년 동안 차근차근 하부 줄기를 튼튼히 하면서 노력한 결과이기 때문이다.

다래나무는 빠른 기간에 약 10~20m 정도 혼자 자라서 가래나무의 몸을 타고 올라 꼭대기를 점령한다. 일단 큰 가래나무를 이용하여 숲을 뚫고 위로 올라가 하늘의 상황을 살펴 승천하는 방안을 모색해볼 심산이었을 것이다. 하늘의 세계가 어떤지 전혀 모르니까. 그래서 다래는 지금까지 나름대로(?) 줄기 하나만 열심히 키워 승천을 준비해왔음을 알 수 있다. 줄기의 용틀임하는 모양에서 이를 알 수 있다.

가래나무의 정상에서 단번에 하늘로 승천할 목적으로 인간들에게 자신의 모든 것(잎, 열매, 줄기, 수액)을 아낌없이 주었건만, 인간들은 가래나무에 빌붙어 산다고, 특히 유학을 중시하는 우리 선조들이 멸시했다. 이 사실을 가래나무도 잘 알고 있다.

천연기념물 제251호로 지정된 창덕궁의 다래나무

그래도 작금의 인간사회처럼 남에게 욕을 먹더라도 출세만 하면 모든 것이 해결된다고 믿었던 모양이다. 그 모든 손가락질과 수모를 감수하고 다래나무가 가래나무 꼭대기에 올라타 하늘을 보니 너무나 엄청난 광경에 입이 딱 벌어졌다. 하늘이 너무 높고 넓어서 그 끝이 보이지 않았다. 결국 이제 와서 내려갈 수도, 더 이상 오를 수도 없는 신세가 되고 말았다. 이건 무모한 짓이라고, 자신의 용틀임 정도로 하늘로 승천한다는 것은 도저히 불가능하다는 것을 깨달았다.

'온갖 욕을 먹으며 정상에 올라왔는데, 오르고 보니 너무 허망하구나.'
'가래처럼 착실하게 숲의 질서에 순응하며 살걸 내가 너무 헛된 꿈을 꾸었구나.'

이를 깨닫고 숲의 질서에 순응하며 살아가는 다래나무가 있다. 천연기념물 제251호로 지정된 600살의 창덕궁 다래나무다. 원래는 옆의 말채나무를 이용하여 살면서 승천의 꿈을 키웠지만, 지금은 모든 것을 내려놓고 말채나무에서 내려와 숲의 일원으로 편안하게 살고 있다. 인간 세상이나 숲의 세계나 능력이 뒷받침되지 않는, 자기 것이 아닌 헛된 꿈은 자신을 망치는 길이라는 것을 되새기면서.

오늘 누군가 그늘에 앉아 쉴 수 있는 이유는

오래전에 누군가가 나무를 심었기 때문이다.

| 워런 버핏 |

층층나무가
숲속의 무법자라고?

충층나무를 숲속의 무법자 '폭목暴木'이라고 표현하기도 한다. 숲속 무법자라면 숲속 어디서나 종족을 번식시키는 참나무들이 숲속의 무법자 아닐까? 거기에 비하면 충층나무는 오히려 외롭고 힘겹게 살아가면서도 기품을 잃지 않는 단정한 나무라는 느낌이 든다.

충층나무는 여러 가지 이름을 가지고 있다. 물깨금나무, 수목水木나무, 꺼그렁나무, 등대수燈臺樹, 육각수 등등이다. 등대의 불빛처럼 사방으로 펼쳐진 가지를 빗대서 등

대수라고 부르고, 고로쇠나무처럼 물이 많이 나온다 해서 일본 사람들은 물나무(水木)라고도 부른다. 이렇게 다양한 이름을 갖는다는 것은 사람들의 관심과 애정이 많다는 뜻이다. 층층나무의 무엇이 사람의 관심을 끌어 이렇게 많은 이름을 갖게 되었을까?

첫째, 층층나무는 이른 봄에 무성하게 잎을 달고 성상하지만 5월 중·하순경이 되면 황다리독나방의 애벌레가 층층나무의 잎을 갉아먹는다. 앙상한 가지만 남게 된 층층나무는 성장을 멈추고 때를 기다린다. 황다리독나방이 성충이 되어 땅 밑으로 내려오면 다시 잎을 내고 꽃을 피운다. 온몸을 바쳐 숲속 생태계의 일원인 황다리독나방의 먹이를 제공함으로써 생태계 질서 유지에 큰 몫을 감당하는 것이다. 층층나무처럼 자신의 성장을 멈추면서까지 숲속 가족에게 먹이(양분)를 제공하는 나무는 없다. 나를 죽여 남을 살리는 살신성인殺身成仁의 자세라고 할까.

허약한 원줄기를 지탱하기 위해 층층을 만들어 성장한다.

둘째, 층층나무는 외양으로는 전혀 폭군 나무의 이미지를 느낄 수 없다. 수피는 아무 곳에서나 볼 수 있는 무덤덤한 회갈색이며, 세로로 얕은 홈이 생긴다. 잎사귀를 살펴보면 활엽수 잎에서 흔히 볼 수 있는 부드러움 그 자체이다. 나무의 전체 모양도 규칙적으로 한 층씩 자라면서 층을 이룬다. 식물학자들은 가지가 층층을 이룬 것을 두고 햇빛을 혼자 받아 주변의 작은 식물이 살지 못하게 하는 것이라고 한다. 층층나무가 이렇게 이기적인 행동을 한다는 것에 난 동의할 수 없다.

실제로 층층나무 밑에는 작은 식물들이 많이 자라고 있다. 층층나무가 1년 자라는 길이는 환경에 따라 차이가 있지만 환경이 양호한 지역에서는 대략 1m 정도 자란다. 다른 나무에 비해 생장이 빠르다 보니 원줄기가 허약할 수밖에 없다. 가지로 층층을 만들어 스스로를 지탱하지 않으면 허약하게 자라는 원줄기가 바람에 흔들리다가 부러지게 된다. 층층나무가 층을 이뤄 자라는 것은 자신

2018. 3

의 생장 전략일 뿐 다른 작은 식물이 자기 주변에 자라지 못하게 하기 위한 것이 아니다. 황다리독나방에게 자신의 잎을 먹잇감으로 내주는 것을 보면 층층나무의 성품을 알 수 있다.

층층나무의 자람새를 본뜬 사람들이 100층 높이 고층 빌딩을 짓는 방법을 배운 것이 아닐까? 고층 빌딩을 올리기 위해서는 3m 간격으로 층층을 만들어 무게 받치는 힘을 축적해야 한다고 한다. 이 원리 역시 인간이 층층나무를 모방해서 설계하는 것이라는 생각이 든다. 이렇듯 숲속 생태계 질서 유지에 자신을 희생하고 인간에게는 아파트, 빌딩 등 건축 기술을 제시한(?) 층층나무를 나는 폭군 나무가 아니라 빌딩 나무라 불러주고 싶다.

리기다소나무의
한국 이주 정착기

두 가닥으로 갈라진 소나무의 잎이 떨어지는 것을 보고 옛 어른들은 생사고락을 함께하는 부부애의 상징으로 여겼다. 1906년 일제 강점기 때 황폐해진 산림을 복구하기 위한 조림용 수종으로 리기다소나무를 우리나라에 들여왔다. 원산지가 미국인 리기다소나무의 학명은 '*Pinus rigida*'이고 한글명은 리기다소나무이다. 다른 이름으로는 삼엽송, 세잎소나무 등으로 불리는데 이는 세 잎이 한자리에 모여나기 때문이다.

줄기에 털이 난 리기다소나무

리기다소나무는 미국 동부지역의 척박한 토양에서도 잘 자라는 특성이 있기 때문에 우리나라의 헐벗은 산지를 복구하는 데 안성맞춤이었다. 일제 강점기에 처음 도입되었으나 1960대 본격적인 산림녹화 정책이 추진되면서 조림수종으로 각광을 받기 시작해서 급속도로 보급되었다.

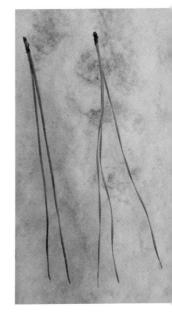

소나무 잎은 2개, 리기다소나무 잎은 3개이다.

리기다소나무는 척박한 토양에 적응력은 매우 좋지만, 성목이 되었을 때 용도가 마땅치 않아서 못 쓰는 나무라고 외면을 당하기도 했다. 리기다소나무를 이용한 녹화에는 성공했으나 용도가 개발되지 않는 바람에 산주들의 원망을 들었다. 목재를 다루는 기술이 발달한 지금은 펄프와 보드 원자재는 물론, 목재 건축용재로 없어서 못 파는 귀중한 산림자원이 되었다.

우리나라 재래종 소나무 잎(2개)과 리기다소나무 잎(3개)의 차이에는 어떠한 의미가 숨어 있을까 잠시 재미있는 상상을 해본다. 조상들이 우리 소나무 잎 2개를 완전무결한 부부애의 상징으로 보았다면, 리기다소나무 잎 3개는 한 지붕 밑에 두 명의 부인을 두고 사는 능력의 상징으로 보아야 할까? 낯선 이 땅에 빠르게 뿌리 내리기 위해 부인을 한 명 더 두고 왕성한 자손 번식을 했다고 생각하면 어떨까?

리기다소나무는 우리나라 재래종 소나무에 비해서 송진 분출이 더 많다. 지저분한 송진이 흘러내리는 모습을 봐도 그렇다. 부인을 한 명 더 거느리고 살자니 당연히 송진이 많아야 하지 않았을까? 리기다소나무의 지저분한 모습에 비해서 우리 소나무 금강송은 고고한 선비의 풍모를 지닌 사대부 같다고나 할까. 그렇지만 리기다소나무역시 아메리카 신대륙을 개척한 후예답게 온몸에 털이 북실북실하고 피부 색깔도 거무튀튀한, 정력 센 흑인의

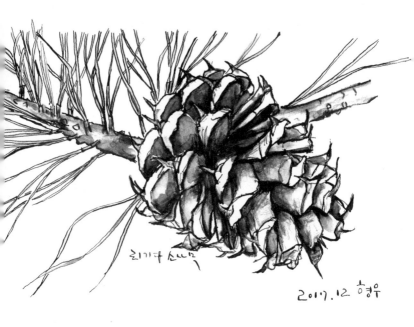

리기다 소나무

2017. 12 형우

피가 흐르는 미국인을 닮았다고 할 수 있겠다.

리기다소나무가 우리나라에 들어와 산림녹화에 기여한
공로는 실로 대단하다. 수만 리 낯선 땅에 이민 와서 낯설
고 물 설은 생장환경에 적응하기 위해서는 스스로 독특
한 방법으로 무장해야 했다. 공기 중에 절대량을 차지하
고 있는 질소를 흡수하여 뿌리혹박테리아를 생성함으로
써 토양을 비옥하게 한다. 이러한 공적은 척박한 땅을 살
기 좋은 땅으로 만드는 데 크게 기여하여 아까시나무, 싸
리나무, 오리나무 등과 함께 '비료 식물'로 인정받았다.
리기다소나무는 낯선 한국 땅에서도 전혀 위축되지 않고
당당히 살아왔고 오늘날 울창한 우리 숲을 있게 한 일등
공신이 되었다.

미안하다,
구상나무야

해발 1500~1800m의 높은 산에서 자라는 우리나라 토종 구상나무. 이 구상나무의 일생을 보면 풍운의 시대를 살았던 선배들의 삶과 너무 닮았다. 8·15해방, 6·25전쟁 등 매우 힘든 세월을 살아온 70~90대 선배들 중 때로는 신부, 선교사, 미군의 도움으로 미국 가정에 입양하는 방법으로 유학, 학위를 받고 귀국하여 우리나라가 세계 10위권의 경제부흥을 이루는 데 밑거름이 되기도 한 세대이다.

한라산의 구상나무

1902년 프랑스 타케 신부가 제주도 서귀포 성당 주임신부로 부임한다. 타케 신부는 나무에 관심이 많아서 한라산 식물을 수백 종이나 채집하여 식물 연구기관에 보내는 등 우리나라 식물을 세계에 알리는 데 크게 공헌했다. 타케 신부가 분비나무라고 보낸 구상나무를 보고 세계적 식물분류학자인 하버드 대학의 어니스트 윌슨 교수가 특별한 관심을 갖게 되었다. 윌슨 교수는 일제 강점기인 1915년 일본 식물학자인 나카이 박사와 함께 제주도 한라산을 직접 답사하고 구상나무 종자를 채취, 발아시키는 등 연구를 계속했다. 1920년 드디어 윌슨 교수는 우리 구상나무를 '새로운 종의 나무'로 판단하여 세계에 공용으로 통용되는 'Abies koreana'로 학명을 부여하여 식물학계에 데뷔시켰다.

 구상나무가 새로운 종으로 이름을 올리게 되는 과정에서 나카이 교수는, 구상나무 종자는 돌기가 아래로 젖혀지고 분비나무 종자는 성숙한 뒤에야 젖혀지는 차이를

'한국전나무' 구상나무는 크리스마스트리용 나무로 전 세계에서 사랑받고 있다.

발견하지 못해서, 새로운 종의 발견을 윌슨 교수에게 빼앗겨서 매우 아쉬워했다는 후문이다. 한편, 미국으로 이민 간 구상나무는 환경 좋은 부자 나라에서 멋지게 자라고 있다. 윌슨 교

구상나무 열매

수의 후의에 보답이라도 하듯이 'Korean fir(한국전나무)'라는 이름을 얻고 미국, 캐나다, 영국 등 100여 개 나라에 흩어져 살고 있다.

특히 구상나무는 변신을 거듭하여 크리스마스트리용으로 대단한 인기를 끌고 있다. 40m까지 자라는 전나무는 너무 크고 잎도 거칠지만, 우리의 구상나무는 키도 아담하게 자라고, 만지는 촉감도 매우 부드러워 많은 사람들의 사랑을 받고 있다. 우리 구상나무가 'Korean fir'라고 불리면서 전 유럽 크리스마스트리 업계를 석권한 것은

2018.1 혜우

자랑스럽다.

구상나무는 이름에서만 한국 태생임을 알 수 있을 뿐, 우리나라가 원산인 우리 나무라고 권리를 주장할 수 없는, 즉 로열티 하나 못 챙기는 외국 나무가 돼버렸다. 구상나무가 새로운 종으로 보고되던 시기에는 주권을 상실한 일제 강점기여서 우리가 할 수 있는 일이 없었던 것도 사실이다. 늦었지만 지금부터라도 우리 산야에서 자라는 나무 한 그루, 풀 한 포기라도 우리가 보호하고 아껴야만 우리 것을 주장하고 권리를 행사할 수 있음을 우리 모두 명심해야 할 것이다.

생강나무

2017. 9
형우

기품 있는 진주로 사랑받는
팔방미인, 생강나무

생강나무는 버릴 것이 하나도 없는 나무다. 초봄에 나오는 어린잎은 나물과 쌈용으로 쓰고, 얼룩얼룩한 무늬가 놓인 줄기와 가지는 음식 맛을 내는 생강 대용으로 요긴하게 쓰였다. 어디 그뿐인가. 노란 병아리를 닮은 봄꽃은 이 땅에 봄을 알리는 봄의 전령사로, 가을이 문턱에 성큼 다가드는 9월, 오롱조롱 새까맣게 매달리는 열매는 조신한 부인들의 나들이용 머릿기름으로, 또 가난한 선비들의 책방 호롱불을 밝히는 등잔 기름으로 우리 조상들의 사랑을 듬뿍 받은 나무다.

김유정의 〈동백꽃〉에 나오는 노란 생강나무

그래서일까. 여러 면에서 출중한 능력을 보이는 팔방미인은 주위의 시기를 받아 모든 것에서 만능일 수가 없다. 조물주는 한 생명에게 모든 것을 주지 않는다. 생강나무 역시 소나무나 신갈나무처럼 주위를 제압할 수 있는 큰 나무로 우뚝 서지 못한 것이 조물주의 숨은 뜻인지도 모른다.

솔직히 생강나무의 외양은 키가 작고 몸집이 왜소하여 사랑과는 전혀 어울릴 것 같지 않은데, 정선아라리와 김유정의 소설 〈동백꽃〉을 보면 남녀 간 사랑의 소재로 생강나무가 등장한다. 왜 사랑의 소재로 생강나무가 등장하는 걸까? 바로 이른 봄에 가장 먼저 피어나는 노란꽃 때문일지 모르지만, 나는 생강나무의 독특한 열매 때문이라고 생각한다. 생강나무는 어떤 나무도 흉내 낼 수 없는 바다의 진주를 닮은 열매를 만들어낸다. 진주는 여인들이 가장 좋아하는 보석 중의 하나로 색깔이 아름답기 때문에 그 어떤 가공을 거치지 않아도 놀라운 보석이 된다.

❶ 생강나무 잎눈　❷ 생강나무 잎　❸ 생강나무 꽃　❹ 생강나무 열매

대부분의 나무 열매는 빨강이든 노랑이든 고유의 색깔로 익어가는데, 생강나무 열매는 익어가는 과정마다 진주를 닮은 다양한 색깔을 나타낸다. 초록에서 황색으로, 찬바람이 건듯 불어 옷깃을 여미는 늦가을이면 검은 진주 모양으로 완성된다. 검은 진주는 권력과 지배, 우아함과 기품을 상징하듯, 생강나무도 열매의 마지막 색깔을 모든 것을 지배하는 검정색으로 선택한 것은 아닐까.

정선아라리

눈이 올라나 비가 올라나 억수장마 질라나
만수산 검은 구름이 막 모여든다

명사십리가 아니라면서 해당화는 왜 피며
모춘삼월이 아니라면서 두견새는 왜 울어

아우라지 뱃사공아 배 좀 건너주게
싸리골 올동박이 다 떨어진다

떨어진 동박은 낙엽에나 쌓이지
사시장철 임 그리워 나는 못 살겠네

아리랑 아리랑 아라리요
아리랑 고개로 나를 넘겨주소.

굴참나무,
우락부락해도 착하고 든든해

모든 수목은 죽은 조직이 모여 있는 겉껍질과 나무의 자람을 관장하는 형성층이 위치하는 속껍질을 가지고 있다. 그런데 일반적으로 소나무와 같은 겉씨식물, 즉 가도관 (헛물관)을 가진 수목은 껍질을 벗겨내면 나무가 죽지만, 도관을 가지고 있는 참나무 종류는 껍질을 벗겨도 죽지 않는다. 살아 있는 조직, 즉 형성층이 위치하는 껍질을 벗겨내면 나무가 죽지만, 굴참나무처럼 코르크층으로 형성되어 있는 나무는 껍질을 벗겨내도 죽지 않는다.

코르크층이 발달한 굴참나무 껍질

굴참나무 껍질은 용도가 다양하다. 코르크가 발달한 굴참나무 껍질은 방수, 보온, 방열, 공기 차단 등 여러 가지 용도로 쓰인다. 산골에서 굴참나무 수피를 벗기는 이유는 굴참나무 지붕을 덮기 위함이다. 예부터 강원도 산골에서는 굴피나 너와집을 짓고 살았다. 깊은 산속에서 화전을 일궈 먹고 살았던 화전민들은 통나무를 층층으로 잇대어 벽채를 쌓고 굴참나무 수피를 벗겨 지붕을 이은 귀틀집에서 살았다.

나무에 물이 오르는 늦은 봄에서 여름이 한창인 때 굴피가 두꺼운 나무를 골라 칼집을 내고 껍질을 벗긴다. 이렇게 해서 벗겨낸 굴참나무 수피는 판판하게 펴고 층층으로 쌓아서 햇빛이 안 들고 바람이 잘 통하는 자리에 쌓아놓고 무거운 돌을 얹어 잠을 재운다. 둥글게 벗겨진 껍질을 지붕을 잇는 데 편리하도록 판판하게 만드는 과정이다. 이렇게 다듬어진 굴피를 지붕에 올려 공간이 생기지 않도록 잇대어놓고 커다란 원목이나 무거운 돌로 눌러놓

굴참나무의 잎가지와 수꽃 이삭

으면 훌륭한 굴피 지붕이 된다.

이때 주의할 점은 굴참나무 수피는 반드시 뒤집어놓아야 한다는 점이다. 우둘투둘한 겉부분이 안으로 들어가고 반질반질한 부분이 밖으로 나오도록 해야 빗물을 잘 받아내고, 여름에는 시원하고 겨울에는 찬 공기를 막아내서 따뜻하다. 굴참나무는 수피를 벗겨내도 원상으로 회복되기 때문에 생장에는 전혀 지장이 없다. 겉껍질을 벗겨내도 형성층이 있는 속껍질은 안전하기 때문이다.

굴피집과 너와집을 구분하지 못하는 사람들이 있다. 굴피집은 굴참나무 껍질을 벗겨 덮은 집을 말하고, 너와집은 굴참나무 껍질이 아닌 소나무 원목을 쪼개서 만든 널판으로 지붕을 덮은 집을 말한다. 굴피집이나 너와집이나 다같이 강원도 화전민들이 짓고 살았던 집이다. 우리 조상들이 짓고 살았던 초가집은 볏짚으로 이엉을 엮어 지붕을 덮는다. 그러나 강원도 산골에서는 논이 없기 때문

굴참나무 껍질로 지붕을 이은 굴피집

에 볏짚을 구할 수가 없다.

강원도에서 태어난 처녀는 쌀 한 말을 먹지 못하고 시집을 간다는 속담이 있을 정도로 강원도는 논이 귀한 산골이다. 그러다 보니 자연적으로 주위에서 구하기 쉬운 굴참나무 수피나 흔하디흔한 통나무를 빠개서 만든 널판으로 지붕을 덮는 너와집을 지을 수밖에 없었던 것이다. 조물주는 인간이든 나무든 간에 이 세상에서 살아갈 수 있는 각각의 존재 가치를 부여해주었다. 외모가 좋으면 능력이 부족하고, 외모가 빠지면 총명과 건강을 함께 주어서 더불어 살아가는 세상을 만든 것이 조물주의 깊은 뜻이 아닐까 생각해본다.

도토리 6형제 구별법

참나무란 이름을 가진 나무는 없다. 다만, 참나무과의 수종을 통틀어 부르는 이름이 참나무다. 참나무과의 도토리 6형제는 다음과 같다.

도토리 6형제

신갈나무   굴참나무   갈참나무

졸참나무   떡갈나무   상수리나무

숲에서 잎으로 구별하는 법

이름에 '참' 자가 있는 나무

　－모든 잎에 자루가 있다

－굴참나무, 갈참나무, 졸참나무

이름에 '갈' 자가 있는 나무
　－모두 잎이 크다
　－신갈나무, 갈참나무, 떡갈나무

잎이 크고, 잎자루가 있고, 잎 뒷면이 회색인 나무는?

> **별도 암기**
>
> 잎 뒷면이 솜털로 인해 회색이 돈다 → 갈, 굴, 떡 (갈참
> 나무, 굴참나무, 떡갈나무)
>
> 도토리에 털모자가 있다 → 상, 굴, 떡 (상수리나무, 굴참
> 나무, 떡갈나무)

잎이 크다　　　　　→ '갈' 자가 있는 나무 : 신갈나무, 갈참나
　　　　　　　　　　　무, 떡갈나무

잎자루가 있다　　　→ '참' 자가 있는 나무 : 굴참나무, 갈참나
　　　　　　　　　　　무, 졸참나무

잎 뒷면이 회색이다 → 갈, 굴, 떡 : 갈참나무, 굴참나무, 떡갈
　　　　　　　　　　　나무

■ **위의 세 가지 모두에 해당한다 → 갈참나무**

느릅나무를 알면
사랑이 보인다

국립산음자연휴양림 목공체험장 창문 너머로 느릅나무 열매가 연한 갈색으로 익어가고 있다. 그 모습이 만물이 소생하는 초록의 싱싱한 잎과 너무나 대조적이다. 잎도 나오기 전에 꽃을 먼저 피우더니, 다른 나무들은 가을에나 익는 열매가 달린 지 한두 달 만에 익어 떨어지게 하다니…… 느림의 미학이 느껴지는 이름과는 정반대의 행보다.

노랑에서 갈색으로 익어가는 열매는 바람에 몸을 맡기며

멀리 퍼져나간다. 바람을 이용하지 않으면 다른 방법은 없는 것인가? 그렇지! 스스로 움직일 수가 없으니 열매에 날개를 달아 바람의 힘을 빌리는 것이다. 조물주에게 특혜를 받은 느릅나무는 다른 어떤 나무와도 경쟁을 하지 않도록 종족 번식을 쉽고 편리하게 바람에 의존하도록 점지받았을 것이라는 생각이 든다. 느릅나무의 열매를 시과(翅果)라고 하는데, 이는 날개가 달린 열매라는 뜻이다. 날개가 있으니 바람에 멀리까지 날아가 종족을 번식시킬 수 있다.

꽃이 지고 5월 어느 날, 느릅나무의 작은 열매를 루페(확대경의 일종)로 관찰해보았다. 열매는 럭비공을 닮은 날개 한가운데 들어앉아 있다. 열매 위쪽으로 씨앗이 익으면 쉽게 나올 수 있는 아주 작은 구멍이 보였다. 루페로 보지 않으면 모양을 알아볼 수 없는 하트 모양의 아주 작은 구멍이다. 나무에서 제일 중요한 부분이 종족 번식을 담당하는 열매다. 이 열매에 사랑의 하트 모양을 만들어놓은

남녀 간 사랑의 나무, 느릅나무

것이 조물주의 깊은 뜻 아닐까.

느릅나무는 남녀 간 사랑의 나무다. 대구 계명대학교 강
판권 교수는 "느릅나무를 알면 사랑이 보인다"라고 느릅
나무를 설명하고 있다. 우리 역사에서도 느릅나무와의 사
랑 이야기가 나온다. 평강공주와 온달장군의 운명적인 만
남에 느릅나무가 등장한다. 온달장군의 어머니는 온달과
결혼을 청하러 온 평강공주에게 "누구의 속임수로 여기
까지 오게 되었소? 내 자식은 배가 고프다 못해 느릅나무
껍질을 벗기려 산속으로 들어갔는데 아직 돌아오지 않았
소"라고 거절한다. 남녀 간의 사랑뿐 아니라 느릅나무 껍
질은 기근을 대비하는 구황식물로도 중시되었던 것이다.
그뿐 아니다. 신라의 원효대사가 요석공주를 만나기 위해
경주 남천에 걸려 있는 느릅나무 아래로 일부러 뛰어내
렸다는 기록이 〈삼국유사〉에 실려 있다.

위 두 역사적 사실에서도 남녀 간의 사랑 얘기에 느릅나

느릅나무 열매 끝의 하트 모양 구멍(위)과 느릅나무 수피

무가 등장하고 있다. 느릅나무의 전체 형태로만 두고 보면 결코 남녀 간 사랑과는 거리가 멀어 보인다. 외양으로는 아주 크고 우람하게 자라서 마을의 수호신 역할을 할 정도로 엄숙한 위엄이 느껴지는 나무다. 그러나 속내를 들여다보면 앙증맞고 귀여운 열매를 달고 있는 사랑스러운 나무다. 인간사도 마찬가지다. 사람의 외모만 보고 그의 됨됨이를 속단하면 큰일을 그르칠 수 있음을 느릅나무를 보며 다시금 되새긴다.

2018. 3
한우

느릅나무 열매

이름의 굴욕,
명품 다릅나무

나무 중의 나무, 명품나무 다릅나무를 이렇게 대접해도 될까? 먼저 이름부터가 이 나무의 진가를 모른 채 아무 생각 없이 지은 듯한 느낌이다. 처음에는 겉과 속이 다르다고 다른 나무라고 부르다가 다릅나무라고 했다고 한다.

다릅나무의 다른 이름은 여러 개가 있다. 조선회화나무라는 뜻으로 조선괴목朝鮮槐木, 양괴懹槐, 포화목泡火木 등으로도 불린다. 조선괴목이나 양괴 등은 그나마 느티나무라는 의미가 붙어 있어 나름대로는 나무의 존재를 인정

용도가 무궁무진한 다릅나무

하고 있지만, 포화목이라는 이름이 마음에 걸린다. 다릅나무의 존재를 비하하는 이름이랄까. 포화목? 불에 태워 없앤다는 뜻인데, 숯을 만들거나 화목으로밖에 쓰이지 않았다는 의미다. 예전엔 모든 나무가 땔감으로 쓰였다. 그런데 다릅나무만 왜 포화목이라고 했을까? 끝내 풀어지지 않는 의문점이다.

다릅나무의 용도는 무궁무진하다. 다릅나무는 목재로서의 가치보다 약재로서의 효력이 더 뛰어나다. 임파선염, 임파선 부종, 임파선암과 같은 임파선 관련 질병과 갑상선 관련 질병에 특효가 있고, 기타 골수염, 습진이나 피부병, 신경쇠약이나 불면증, 여성의 생리와 관련 있는 질병 등 난치병에 좋은 효과가 있다. 변재는 황색이고 심재는 짙은 흑갈색으로 재질이 치밀하고 무늬가 매우 아름다워 실내에서 사용하는 가구재로 많이 쓰인다. 원목을 절단하여 바둑돌을 담는 나무통으로 가공하면 훌륭한 바둑돌통이 된다.

다릅나무의 껍질

다릅나무의 껍질을 보면 매우 독특하다. 전체적으로는 암갈색의 매끄러운 피부지만 물 먹은 종이를 손바닥으로 밀어놓은 듯 거칠게 보이기도 하고, 마치 목욕을 하면서 때를 밀어놓은 것처럼 껍질의 허물을 벗어내는 듯 보이기도 한다.

다릅나무의 겨울눈

다릅나무는 깊은 산속 물가에서 자라기를 좋아한다. 잠시 상상의 나래를 펼쳐볼까.

하늘의 선녀가 옥황상제 몰래 깊은 산 숲속 계곡에 내려와 목욕하다가 나무꾼 더벅머리 총각에게 보쌈을 당했다. 옥황상제의 노여움을 산 선녀는 끝내 하늘나라로 올라가지 못하고 나무꾼 총각의 아내가 되어 이름 없는 산골짜기 숲속에서 살다 다릅나무로 변한 것이 아닐까.

다릅나무에 선녀가 목욕을 한 흔적이 지금도 고스란히 남아 있다. 다릅나무 껍질을 보면 목욕을 하다 때를 씻어 내기도 전에 보쌈을 당하는 바람에 밀어놓은 때가 매끈 매끈한 피부에 그대로 남아 있는 형상이다. 나무의 안껍질인 변재邊材는 아름다운 여인의 피부처럼 우윳빛이 도는 연한 황백색이다.

그뿐인가. 다릅나무의 진가 중 최고라 할 수 있는 속살인 심재心材는 더욱 환상적이다. 그 어떤 나무도 흉내 낼 수 없는 짙은 갈색으로 섹시하기 이를 데가 없다. 더욱이 속살은 잘 썩지 않는 물질이 풍부해서 보존성도 탁월할 뿐 아니라 최고의 조각재로 대접받고 있다.

옥황상제의 노여움으로 나무가 되고서도 반성은커녕 자신의 깊은 속살을 함부로 드러내니 옥황상제의 노여움은 더더욱 극에 달했으리라. 그래서 다릅나무는 하늘로 올라갈 것을 포기하고 우리 산하에서 살기로 결심했다. 그 대신 자신의 꽃을 나비 모양으로 만들어 하늘나라에 가고 싶은 마음을 표현한 것으로 생각된다.

이렇게 아름다운 피부와 섹시한 속살을 가진 다릅나무에 걸맞게 이름을 바꿔줄 수는 없을까? 요즘은 사람들도 귀한 사람이 되고자 이름을 바꾸기도 하는데…….

다릅나무는 햇빛을 받는 것을 좋아하지만 어지간한 공간만 있으면 잘 자란다. 뿐만 아니라 주위를 비옥하게 하는 뿌리혹박테리아를 갖고 있는 콩과 식물이다. 깊은 산에 숨어 있는 다릅나무를 경제목으로 지정, 대규모로 조림하여 조각재, 한옥의 내장재로 개발 활용, 수출하면 엄청난 경제적 시너지 효과가 있지 않을까 생각해본다.

도연명의 산중문답

사람들 가운데 초가집 짓고 사니 (結廬在人境)

말과 수레 소리 들리지 않네 (而無車馬喧)

어찌 이렇게 살 수 있느냐고 묻기에 (問君何能爾)

마음이 멀어지니 사는 곳도 한가하다 (心遠地自偏)

동쪽 울타리 아래 국화를 꺾다가 (彩菊東籬下)

문득 고개 드니 남산이 다가선다 (悠然見南山)

산기운 맑아 저녁노을 고운데 (山氣日夕佳)

새들은 짝을 지어 날아서 돌아오네 (鳥飛相與還)

자연 따라 사는 참뜻을 (此間有眞意)

말로는 표현할 수 없어라 (欲辯已忘言)

. . .

이백의 산중문답

그대에게 묻노니 어찌해서 산에 사는고 (問余何事棲碧山)

웃으며 대답치 않으니 마음은 한가롭다 (笑而不答心自閑)

복숭아꽃 시냇물에 아득히 흘러가니 (桃花流水杳然去)

정녕 다른 천지라 인간세계가 아니로다 (別有天地 非人間)

숲에도 명예의 전당이 있다

2001년 4월 산림청에서는 새천년 첫 식목일을 맞이하여 지난 세기에 이룩한 국토 녹화사업을 기리기 위하여 국립수목원(구 광릉수목원, 경기도 포천 소재)에 숲의 명예전당을 건립하고 나무를 심고 숲을 가꾸는 데 기여한 사람들을 헌정했다. 숲의 명예전당에 헌정되는 인물이 선정되면 동판으로 흉상 부조를 제작하여 국립수목원 숲의 명예전당에 안치하는 행사를 가진다. 지금까지 숲의 명예전당에 헌정된 인물은 다음과 같다.

1. 박정희 전 대통령 (1917~1979)
   – 녹화사업의 기틀을 마련하고 앞장서 이끈 공로

2. 김이만 나무 할아버지 (1901~1985)
   – 자생식물의 수집과, 수집된 조림 수종의 종자 품질 개선

3. 현신규 박사 (1911~1986)
   – 소나무와 포플러 같은 조림수종 개발

4. 임종국 독림가 (1915~1987)
   – 전남 장성 축령산에 편백나무와 삼나무 숲 조성

5. 민병갈 Carl F. Miller (1921~2002)
   – 한국의 식물 홍보와 국민에게 나무의 중요성 일깨운 공로
   – 태안반도에 천리포수목원 설립

6. 최종현 전 SK회장 (1930~1998)
   – SK임업을 설립하여 국내 최초의 대규모 활엽수 단지 조성

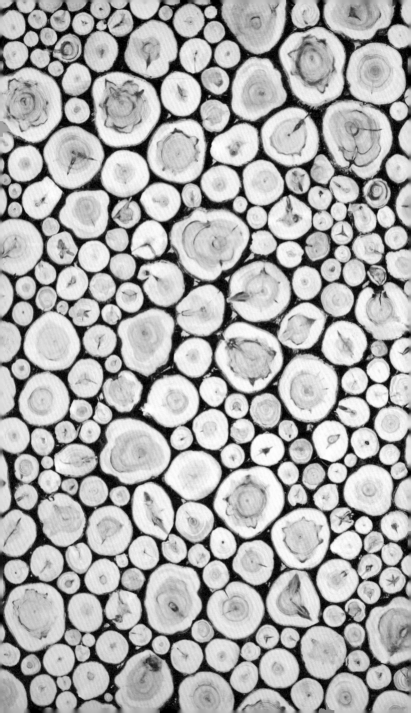

Chapter 2

나무에게 배우는
인생의 지혜

새끼 개구리의
숲을 향한 대장정

어느 해 여름 날 오후, 국립가리왕산자연휴양림에서 손톱 크기의 매우 작은 산개구리를 발견했다. 방금 올챙이 꼬리가 없어진 듯한 산개구리는 등이 진갈색이어서 포장도로의 색깔과 잘 구별되지 않았다. 산개구리는 도로를 건너고 숲을 향해서 열심히 뛰고 있었는데 워낙 뒷다리가 짧으니 언제 숲에 도달할지 보고 있으려니 안타까울 지경이었다. 개구리는, 올챙이에서 뒷다리가 먼저 나오고 앞다리가 나온 다음 아가미가 없어지면서 허파가 생기고, 마지막으로 꼬리가 없어지면 완전한 개구리가 된다.

국립가리왕산자연휴양림의 계곡

가랑비가 부슬부슬 내리는 퇴근 무렵, 정문을 나서다가 며칠 전에 보았던 개구리 새끼를 다시 보았다. 개구리 새끼들은 개울과 포장도로 사이에 세워진 콘크리트 벽을 타고 넘어와서 포장도로를 가로질러 숲으로 들어가고 있었다. 저 작디작은 새끼 개구리가 개울과 도로 사이에 만들어진 4m 높이의 콘크리트 벽을 어떻게 넘어왔을까.

무심코 그 콘크리트 벽을 내려다보고 깜짝 놀랐다. 이럴 수가! 그 높은 수직 벽에 개구리 떼가 새까맣게 달라붙어 계곡을 탈출하고 있는 장관이 펼쳐지고 있었다. 손톱만한 개구리가 칼날 같은 수직 벽에 달라붙어 올라오다가 떨어지고 다시 달라붙고, 문자 그대로 숲을 향한 목숨 건 대장정에 나서고 있었다.

자신이 태어난 계곡 인근 수풀 속에 살면 안전할 텐데, 목숨을 걸고 수직 벽을 넘어 숲으로 들어가는 이유는 무엇일까? 요행으로 수직 벽을 넘었더라도 이보다 몇 배 더 위험한 차로를 건너야 하는 위험을 무릅쓰고 탈출을 감행하다니! 마침 휴양림은 여름 한철 성수기라 사람과 차량이 빈번하게 드나드는데 그 위험을 무슨 수로 피한단 말인가. 안타까운 노릇이다. 개구리가 숲과 계곡을 자유롭게 왔다 갔다 할 수 있는 통로라도 만들어야 하지 않을까 하는 생각이 들었다. 작은 미물이지만 하느님이 점지한 고귀한 생명체인데 말이다.

온갖 위험을 무릅쓰고라도 끝까지 살아남아 종족 번식이 이뤄지도록 하겠다는 신의 배려일까. 어미 개구리 한 마리는 최대한 3,000개까지 알을 낳는다고 한다. 새끼를 두고 혼자 숲으로 가버리는 어미 개구리의 습성이 생태계의 섭리는 아닐 텐데…… 혹시 어미와 새끼 사이에 인간들이 모르는 무슨 연결고리가 있는 건 아닐까? 어미가 숲에서 텔레파시를 보내 새끼 개구리를 어미가 있는 숲으로 유인하여 건강하게 도착한 놈만 성체가 될 때까지 돌보는 것은 아닐까? 어미가 텔레파시 신호를 보내고 새끼

가 목숨 걸고 어미를 찾아 숲으로 가는 것, 어미와 자식 간의 끈끈한 혈연관계가 이러한 생태계의 생존 방식을 만들어낸 것은 아닐까? 이 부분에 대해 생물학자들이 설명해놓은 책은 어디에도 없었다. 한번 연구해볼 과제가 아닐까 싶어 소회를 적어본다.

연리지,
맺지 못할 그 사랑

경기도 양평군 단월면 향소리 마을 입구에는 마을 수호
신으로 대접받는 600년 된 느티나무의 연리지가 있다.
이 연리지 덕분에 향소리 마을은 열녀마을로 지정받고
여러 가지 특별 혜택도 받았다고 한다. 지금도 향소리 마
을은 이혼 등 가정불화로 혼자가 된 가정이 없는 마을이
라고 전하고 있다.

그러나 연리지란 말을 사용하게 된 배경을 다른 관점에
서 조명해보면 젊은 남녀의 애틋한 사랑이 아니라 권력

국립산음자연휴양림의 연리지

이란 힘으로 강제로 부부의 연을 만든 게 아닌가 하는 생각이 든다.

〈장한가〉는 중국의 4대 시인인 당나라의 백거이白居易, 백낙천가 현종과 양귀비의 사랑을 읊은 장편 서사시이다.

장한가 (長恨歌)

칠월 칠일 장생전에서 (七月七日長生殿)

깊은 밤 사람들 모르게 한 약속 (夜半無人私語時)

하늘에서는 비익조가 되기를 원하고 (在天願作比翼鳥)

땅에서는 연리지가 되길 원하네 (在地願爲連理枝)

천지 영원하다 해도 다할 때가 있겠지만 (天長地久有時盡)

이 슬픈 사랑의 한 끊일 때가 없으리 (此恨綿綿無絶期)

당나라 현종이 18번째 아들의 아내이자 자신의 며느리를 후처로 맞아들인 사람이 양귀비다. 무소불위의 권력을 휘

다릅나무와 개살구나무는 조직이 달라 진정한 연리목이 될 수 없는 운명이다.

두르는 왕조시대라 하더라도 며느리를 아내로 맞이한 것을 두고 어찌 사랑이라고 하겠는가. 인륜도덕은 제쳐두고라도 권력의 힘으로 겁탈한 사랑이 아니겠는가.

양귀비를 아내로 맞이한 현종의 무분별한 사랑놀음 때문에 국정이 파탄되고 안록산의 난이 일어난다. 난을 피하여 도망치는 현종이 끝내 군사들의 압력에 굴복하여 양귀비를 처형하지만 얼마 후 자신도 죽음을 맞게 된다. 권력의 힘으로 강탈한 불륜의 사랑, 배신과 처형으로 종말을 고한 사랑이다. 이 사랑을 두고 천하의 백거이는 지고지순한 사랑이라고 읊었다. 그렇다면 지고지순한 사랑이란 어떤 모습인가.

경기도 양평군 단월면 봉미산 자락에 국립산음자연휴양림이 있다. 아담하게 뻗어내린 산세도 아름답지만 온갖 동식물이 서식하고 있어 천혜의 경관을 연출하고 있다. 그 가운데 특별하게 눈에 띄는 나무가 눈길을 사로잡는

다. 잎도 피기 전에 꽃을 먼저 피워올리는 개살구나무와
다릅나무가 그들이다.

늠름하게 자라는 다릅나무에 반한 개살구나무가 구애를
했다. 그러나 산중군자를 자처하는 다릅나무가 호락호락
넘어가지 않는다. 삭막한 봄 산천을 아름다운 꽃으로 장
식하는 자존심도 내던진 개살구나무가 몸을 던져 구애를
하지만 다릅나무는 요지부동이다.

숱한 세월이 흘렀다. 봄인가 했는데 여름이 오고, 만산홍
엽이 흐드러진 가을이 가고 겨울을 맞이하는 세월이 수
십 년이나 흘렀다. 드디어 산중군자 다릅나무가 개살구의
구애를 허락했다. 미운 정도 정이라고 다릅나무에 기대
살아온 개살구나무가 측은해진 다릅나무가 이웃 되기를
허락한 것이다.

그러나 개살구나무의 애틋한 사랑은 애당초 이뤄질 수

없는 운명을 가지고 있었다. 밖으로만 보면 두 나무가 한 몸으로 된 것처럼 보이지만 이들은 태어날 때부터 한 몸이 될 수 없는 운명을 타고났다. 당나라 현종은 임금의 권력으로 며느리를 아내로 맞이하는 불륜을 저질렀지만, 인간이 아닌 식물의 세계에서는 임금의 권력도, 하늘을 나는 권세도 통하지 않는다. 두 나무가 진정한 연리목이 될 수 없었던 까닭은 두 나무가 가지고 있는 조직의 다름 때문이다. 식물 세계에서는 인간들이 느끼는 사랑이나 연민의 감정이 통하지 않는다. 철저한 혈통을 따져서 정을 주고 정을 끊는다.

다릅나무는 콩과 식물이고 개살구나무는 장미과 식물이다. 두 나무는 다같이 낙엽이 지는 활엽수지만 전해지는 유전인자가 다르다. 개살구나무의 사랑을 마지못해 받아준 것처럼 보이는 다릅나무는 결단코 개살구나무와 살을 섞지 않는다. 보이는 것만 사랑하고 믿으려 하는 알량한 인간의 눈길을 교묘히 속이고 있을 뿐이다.

종족 번식의 달인,
제비꽃

강남 갔던 제비가 돌아온다는 음력 삼월 삼짇날부터 피기 시작한 제비꽃은 여름까지 계속 꽃을 피운다. 제비꽃은 자줏빛 꽃잎의 생김생김이 마치 날렵한 제비의 날개를 닮았다고 제비꽃이란 이름을 얻었다.

제비꽃을 대표하는 색깔은 자주색이지만 노란색이나 흰색도 있다. 경북대학교 홍성천 교수가 펴낸 〈원색식물도감〉에 따르면, 우리나라에 분포되어 있는 제비꽃은 29가지에 이를 정도로 전국 어디서나 그 지역 환경에 적응된 형태로 번성하고 있다. 그만큼 지역과 풍토와 생장 여건에 따라 여러 품종으로 분화되었다는 증거이다.

제비꽃은 작고 보잘것없어 보이는 꽃이지만 알고 보면 매우 영특한 식물이다. 제비꽃이 얼마나 지혜로운가는 꽃을 피우는 시기로도 알 수 있다. 대부분의 식물은 한 계절 딱 한 번 꽃을 피우고 열매를 맺는 것이 일반적이다. 한철 에너지를 집중하는 게 튼실한 열매를 맺는 데 효율적이라는 이유 때문이다.

그런데 제비꽃은 종족 번식을 위해 봄부터 여름까지 계속 꽃을 피우는 매우 독특한 번식 방법을 선택했다. 제비꽃은 봄꽃과 여름꽃의 피는 모양이 다르다. 봄에는 꽃잎을 활짝 펼쳐서 개방적으로 피는 반면 여름에는 꽃잎을 오므려 뭔가 숨기는 듯 은밀하게 핀다.

제비꽃이 이처럼 형태가 다르게 꽃을 피우는 이유는 화

제비꽃은 자주색뿐만
아니라 노란색이나
흰색도 있다.

분을 매개하는 곤충들이 화분을 쉽게 옮겨가도록 하기 위함이고, 근친교배인 자가수정을 은밀히 하기 위해서일 게다. 유전적으로 강한 후손을 남길 수 있는 타가수정을 봄에 먼저 시도하고, 실패할 경우 여름에 자가수정을 하는 치밀한 생존전략이다. 만약 둘 다 실패한다면 마지막 수단으로 뿌리를 씨앗처럼 활용해서 자손을 주변에 퍼트린다. 즉, 자신의 유전자를 갖고 있는 새순이 뿌리에서 나오게 한다. 활발한 종족 번식을 하기 위해 타가수정, 자가수정, 뿌리번식의 3중 장치를 가지고 있는 것이다.

최근 우리나라의 출산율은 OECD 국가 중 최하위(2015년 출산율 1.24명)이다. 현재 출산율이 지속될 경우 영국 옥스퍼드대학교 인구정책연구소의 콜만 교수는 2305년이 되면 남자 2만 명, 여자 3만 명으로 대한민국의 멸망을 예측했다. UN미래연구소의 연구 보고서에 따르면, 서기 2700년쯤 한국은 지구상에서 사라질 것이라고 예측하고 있을 뿐만 아니라, 2013년 우리 국회입법조사처에서 발

형우
2017. 11

표한 내용을 보면 2750년 한국이 소멸할 것이란 충격적인 예측을 내놓고 있다.

우리나라 가족 변천사를 보면 대가족에서 핵가족 시대를 거치면서 지금은 젊은이들 사이에서 한 자녀도 부담스럽다는 생각이 만연해 있다. 사실 팍팍한 경제 현실과 미덥지 못한 교육 여건 때문에 자녀를 갖고 싶어도 갖지 못하고 있는 것이 현실이다. 만물의 영장이라는 인간이 종족 보존의 본능을 스스로 게을리할 때 그에 따른 불행한 결과를 초래하게 될지 모른다. 조그마한 제비꽃의 종족 번식 노력이 오늘날 우리에게 시사하는 바가 크다.

나무를 위하여

| 신경림 |

어둠이 오는 것이 왜 두렵지 않으랴
불어닥치는 비바람이 왜 무섭지 않으랴
잎들 더러 썩고 떨어지는 어둠 속에서
가지들 휘고 꺾어지는 비바람 속에서
보인다 꼭 잡은 너희들 작은 손들이
손을 타고 흐르는 숨죽인 흐느낌이
어둠과 비바람까지도 삭여서
더 단단히 뿌리와 몸통을 키운다면
너희 왜 모르랴 밝은 날 어깨와 가슴에
더 많은 꽃과 열매를 달게 되리란 걸
산바람 바닷바람보다도 짓궂은 이웃들의
비웃음과 발길질이 더 아프고 서러워
산비알과 바위너설에서 몸 움츠린 나무들아
다시 고개 들고 절로 터져 나올 잎과 꽃으로
숲과 들판에 떼 지어 설 나무들아

자작나무는 왜
흰색 옷을 입었을까?

눈처럼 새하얀 껍질이 자작나무의 자랑이자 매력이다. 숲 속 나무들이 대부분 거무칙칙한 껍질을 갖고 있는 데 비해 자작나무는 눈부실 정도의 흰색 껍질을 갖고 있다. 자작나무의 고향은 1년 중 겨울이 길고 눈이 많이 내리는 북유럽과 러시아의 바이칼 호수 주변, 백두산 지역이다. 추운 지방에 살려면 햇빛을 잘 흡수하여 몸을 따뜻하게 하는 검은색이 제격이다. 그런데 왜 자작나무는 흰색을 택했을까? 눈 많고 추운 동토의 땅에 살면서도 따뜻한 햇빛을 반사하는 색깔인 흰색을 선호하며 살아가는 그 경

'숲의 여왕'이라 불리는 아름다운 자작나무

이로움이 놀라우면서도 선뜻 이해가 가지 않는다.

비밀은 자작나무의 흰 껍질에 있다. 조물주는 눈이 많은 추운 지방에 살도록 점지한 자작나무에게 생활에 불리한 희고 얇은 겉옷을 주는 대신 다른 어떤 나무에게도 주지 않은 특혜를 주었다. 그 첫 번째가 얇은 종이가 여러 겹으로 차곡차곡 겹쳐 있는 흰옷을 받은 것이다. 두툼한 옷 한 벌보다 얇은 옷 여러 겹이 추위를 견디기에 훨씬 효율적이라는 이치를 조물주는 알았던 것이다. 이와 같은 사실은 현대 과학으로도 증명되었다.

그리고 또 하나.
자작나무는 다른 나무가 갖지 못한 액포에 기름을 채워서 겨울을 난다. 기름은 쉽게 얼지 않고 바람과 추위를 막아준다. 비록 명주 비단처럼 하늘하늘 얇은 피부지만 눈에 보이지 않는 방한제를 선물받은 것이다. 그래서 지금도 자작나무 수피를 불에 태우면 자작자작 소리가 난다.

희고 얇으며 여러 겹으로 이루어진 자작나무 수피

자작나무란 이름이 붙은 것도 이 나무의 껍질이 불에 타는 소리를 듣고 이름을 지은 까닭이다. 마지막으로 자작나무 수피에는 큐틴Cutin이라는 방부 물질이 들어 있어서 쉽게 썩지 않는다. 이 천연 방부제 덕분에 신라 고분에서 발견된 천마도가 천 년 세월을 견딘 것이다.

자작나무가 우리 생활에 깊숙이 관여하고 있는 증거가 또 있다. 경주 금관총에서 출토된 금관 모양을 자세히 보면 자작나무 가지를 형상한 것을 알 수 있다. 금관의 이마에 닿는 부분에도 자작나무 껍질이 부착되어 있었다고 한다. 금관을 자세히 보면 앞 중앙에 자작나무 줄기, 양옆과 뒤편에는 가지가 위로 뻗어 있다. 줄기와 가지에는 자작나무 잎 모양인 삼각형의 이파리가 수없이 부착되어 마치 살아 있는 나뭇잎처럼 흔들린다. 양옆의 귀걸이는 자작나무의 수꽃이삭 모양이고 앞쪽에는 암꽃이삭 모양을 연출했다. 결과적으로 신라 임금은 위엄을 나타내야 하는 제사, 취임식 때 자작나무를 금으로 만들어 머리에

썼다고 할 수 있다.

신라 사람들은 왜 이렇듯 중요한 곳에다 자작나무를 사용했을까? 천 년 전 우리 선조들은 흰색의 자작나무가 하늘의 노여움, 즉 천둥, 번개 등을 피해가는 매우 신성한 나무라고 여겼다. 신라의 화랑들도 전쟁에 출정할 때 얼굴에 흰 분칠을 하고 출징했다는 기록이 있다. 그렇다면 일반 백성들도 흰옷을 입음으로써 하늘의 노여움을 피할 수 있다고 여겨 우리 민족이 백의민족이 된 것은 아닐까.

자작나무는 여성 상위를 상징하는 나무라고 할 수 있다. 생태적으로 보면 수꽃이삭은 처음부터 땅을 향해 늘어지게 자란다. 반면 암꽃이삭은 비록 수꽃이삭보다 작지만 앙팡지게 야물고 하늘을 향해 곧추서서 자라다가 익으면 고개를 숙이기 싫어 억지로 밑으로 숙이는 모습이다. 금관을 쓴 모습도 영화에서 보면 여왕이 쓴 모습이 훨씬 아름답고 위엄이 있어 보이는 이유이다.

'팥배나무 두(杜)' 자의
의미

이름이 독특한 팥배나무는 열매 모양이 팥을 닮았고 맛은 배를 닮았다 해서 붙여진 이름이다. 그러나 팥배나무는 배나무와는 아무 관련이 없다. 팥배나무를 뜻하는 한자는 두杜 자인데, 이는 일반적으로 '막을 두' 자로 사용하는 한자다.

그러면 팥배나무를 '막을 두' 자로 쓴 의미는 무엇일까? 한 자료에 의하면 팥배나무 열매가 너무 많이 달려서 시야를 막는다고 '막을 두' 자를 썼다고 기록하고 있다. 그

윤동주 문학관(위)과 팥배나무

러나 동의하기 어렵다. 혹시 더 깊은 뜻이 있지 않을까? 우리 생활 주변에서 그 의미를 한번 찾아보자.

서울시 종로구 세검정 부근에 윤동주 문학관이 있다. 서울시가 1974년부터 2009년까지 35년간 운영하던 청운 수도가압장을 개조하여 윤동주 문학관으로 새롭게 태어났다. 문학관 옆 계단 사이로 빨간 열매를 오롱조롱 매달고 있는 팥배나무가 특별히 눈에 띈다.

이 팥배나무는 문학관 설치 공사를 시행하는 과정에서 굴취당할 위기에 처했으나 공사 감독의 혜안으로 생명을 유지하게 되었다고 한다. 가까스로 생명을 부지하게 된 팥배나무는 매년 많은 열매를 매달아 자신을 구해준 사람들에게 고마움을 표시하고 있다. 아마도 이 팥배나무는 자신의 굴취 위기와 수도가압장의 폐쇄된 건물 철거를 막는 데 자신의 '막을 두' 자가 이름값을 제대로 한 것이 아닌가 생각해본다.

팔배나무의 수피

해월海月 채현병 시인의 팥배나무 시조를 감상해보자.

윤동주 문학관의 팥배나무

해월 채현병

수수만 개 수십만 개 별 헤는 밤인가요

계단에 걸터앉아 별 헤는 밤인가요

산새여 들새도 함께하여 세어주세요.

문학관 관리인은 이 건축물이 과거의 물 대신 메마른 인
간들의 정서에 시를 길어올리는 큰 역할을 했다고 자부
한다. 그 하나하나의 과정을 늙은 팥배나무가 지켜보고
있었다고 증언한다.

동양의 대철학자 퇴계 이황 선생이 48세에 충북 단양군
수로 부임했을 때 고을의 관기 두향과의 운명적인 만남
이 이루어진다. 두향杜香의 성씨는 안씨이고 별명은 두양

팥배나무의 열매

杜陽이다. 옛날 사람들은 이름을 지을 때 글자 하나하나에 특별한 의미를 부여했다. 그렇다면 일개 고을의 기생인 두향이 왜 이름과 별명에 팥배나무 두杜 자를 썼을까? 두향과 두양이라……. 향기와 햇볕을 막는다? 그러나 어느 기록에도 두향의 이름자에 두杜 자를 쓴 사연을 밝힌 게 없다. 두향이라는 기생은 시서詩書와 거문고에 능한 여인이었다. 두향은 새로 부임한 퇴계 이황 선생의 인품에 흠뻑 반한다.

1년도 안 되는 짧은 기간 두향과의 꿈 같은 사랑을 뒤로하고 퇴계 선생은 소백산 넘어 풍기군수로 전임하게 된다. 두향의 '막을 두杜' 자의 이름값을 못했다고 할까. 헤어지는 그날 밤 두 사람은 애틋한 사랑의 시를 지어 이별했다.

퇴계 선생의 시

죽어 이별은

소리조차 나오지 않고

살아 이별은 슬프기 그지없네.

두향의 시

이별이 하도 서러워

잔 들고 슬피 우는데

어느덧 술도 비워 없어지고

임마저 가는구나

꽃 지고 새 우는 봄날을

어이 할까 하노라.

퇴계 선생을 떠나보낸 두향은 관기를 그만두고 선생을 그
리며 혼자 살다가 퇴계 선생이 세상을 떠난 후 26살의 꽃

팥배나무

2017.12

현우

다운 나이로 단양군 강선대에 몸을 던져 세상을 하직한다. 30년이라는 세월의 차이를 뛰어넘는 사랑의 교감이고 반상의 신분을 뛰어넘는 아름다운 로맨스다.

뽕나무의 고백,
"내 삶이 달라졌어요"

뽕나무는 열매인 오디를 먹으면 소화가 잘되기 때문에 방귀가 뽕 하고 나온다고 붙여진 이름이라고 한다. 뽕나무 이름이 정말 그러한 이유로 지어졌을까?

사물의 이름에는 그에 걸맞은 의미가 깃들어 있다고 한다. 모든 사물은 그 사물을 만든 조물주의 깊은 뜻이 있거나, 그 이름에 따라 사물의 운명이 정해져 있다는 것이 평소의 생각이다. 뽕잎을 먹고 사는 누에와 고치도 흰색이고 누에고치에서 풀어낸 명주실도 흰색이다. 이 때문에

뽕나무에 열매인 오디가 새까맣게 달렸다.

뽕나무를 뜻하는 'morus'와 흰색을 뜻하는 'alba'가 합쳐져서 뽕나무의 학명이 된 게 아닌가 생각해본다.

뽕나무의 생태를 들여다보면 매우 흥미롭다. 뽕잎과 누에! 뽕나무가 누에를 만남으로써 뽕나무의 역할과 운명은 결정되었다고 할 수 있다. 누에가 뽕잎을 먹고 자라 누에고치가 되고, 그 고치에서 실을 뽑아 명주라는 고급스런 천을 만든다. 뽕나무는 기계문명이 발달하기 이전 농경사회에서는 나라의 부를 제공하는 나무인 만큼 매우 중요하게 관리했다. 초나라와 오나라가 국경을 마주한 중국에서는 뽕잎을 서로 따려는 문제로 전쟁까지 치렀다고 전해진다.

조선 초기 태종 이방원이 전국에 뽕나무를 심으라는 어명을 내렸다. 10년 후 관리가 올린 보고서에는 경복궁 안에 뽕나무 3,590주, 창덕궁에 1,000주, 여의도 밤섬에는 8,280주를 심었다고 보고한다. 궁궐에 이 정도로 많은 뽕

뽕나무 열매인 오디

나무를 심었으니 전국적으로는 얼마나 많은 뽕나무가 심겨졌을까 하는 상상은 어렵지 않다.

조선 조정에는 뽕나무를 심고 누에를 키워 고치를 생산하는 일을 하는 잠실蠶室이란 관청이 있었다. 오늘날 송파구 잠실동이나 서초구 잠원동의 동 이름이 이들 관청이 있던 곳에서 유래되었다. 성종 때에는 조직을 확대 개편해서 잠원蠶院이란 관청을 만들었다. 뽕나무와 누에를 관리하는 조직이 확장되었다는 것은 뽕나무의 중요성이 더욱 증대되었다는 뜻이다. 이처럼 뽕나무와 누에를 중요한 산업으로 인식하면서 국가 소득의 근본으로 삼게 되었다.

만약 뽕나무가 누에를 만나지 않았다면 뽕나무는 숲에서 어떤 위치에 있었을까? 중국에서 가래나무(梓, 일명 산호두나무)는 황제를 장사지낼 때 쓰는 관棺, 즉 재궁梓宮으로 쓰였다. 우리나라도 조선시대에는 금강송 황장목을 임금님의 관재로 사용했다. 굳이 사견을 말하자면 우리의 소

뽕나무 수피

나무 황장목으로 만든 관을 '소나무 송' 자가 들어간 송궁松宮이라고 했으면 어땠을까 싶다.

그러면 우리의 뽕나무 재질은 어떨까? 뽕나무는 재질이 단단하며 질기고 잘 썩지 않는다. 따라서 최고 권력자의 관으로 충분한 조건을 갖춘 나무다. 임금의 관으로 사용되지 못한 것이 너무나 아쉬운 일이다. 다만 임금의 관재는 일정한 규격이 있다. 금강송 황장목으로도 그 규격을 감당하기 어려운데, 이 규격을 감당할 수 있는 뽕나무를 구할 수 없음이 안타까울 뿐이다.

그래서 조물주는 현명한 선택을 한 것이다. 권력자의 관으로 사용하기보다는 백성들의 생활에 영향을 미치고 나라의 부를 책임질 최고의 나무로 만들어준 것이 그저 고마울 따름이다.

왜 이름이
느티나무일까?

지난 2000년 산림청에서 새천년을 맞아 나라의 번영과 발전을 상징하고 국민에게 희망과 용기를 주는 '밀레니엄 나무'로 느티나무를 선정했다. 느티나무는 마을 어귀에서 너른 그늘을 만들어 휴식을 제공하는 나무 중에서 가장 흔한 나무다. 그래서 정자나무라고도 불린다. 천연기념물로 지정된 느티나무만 해도 16그루나 되는데, 이들의 수령은 작게는 450년에서 1,000년이 넘는다.

그런데 왜 이름이 느티나무일까? 이름의 유래는 몇 가지

대구 달성군 유가면의 느티나무

로 전해 내려온다. 회나무가 변해서 느티나무가 됐다는 설과 늦게 자라는 회나무라는 설이 있다. 또 늦게야 나무 티가 난다고 느티나무라고 했다는 설도 있다. 가장 많이 인용되고 있는 것은 '늦은 회나무'가 단연 우세하다. 여기서 의문이 가는 것은, 회나무는 느티나무와는 전혀 관련이 없는 나무라는 것이다. 회나무는 일생을 자라야 겨우 4m 내외로 자라는 노박덩굴과 식물이다. 만약 회나무가 아니고 홰나무면 어느 정도는 설명이 가능하다. 홰나무는 회화나무의 다른 말이다. 회화나무는 느티나무와 같은 교목으로 성장하고 우리 조상들이 귀신을 쫓아내는 나무 또는 복을 가져오는 길상목으로 생각하여 궁궐, 서원, 절 등에 많이 심었기 때문이다.

그러나 필자는 오래도록 천천히 또는 늦게 자라야 비로소 나무 티가 나는 나무라는 의미가 논리에 부합된다고 생각한다. 느티나무는 한 뼘도 안 되는 유묘에서 오랜 세월 거친 풍파를 겪으며 거목으로 성장한 후에야 나무다

창덕궁 후원의 천 년 된 느티나무 고목

사직단의 느티나무

운 티(수형, 품격)가 나기 때문이다. 그래서 늦게 티가 나는 나무, 즉 늦티나무가 느티나무로 변했다는 설명이 가장 마음에 와 닿는다.

보잘것없는 어린 나무에서 높이 30m, 둘레 3m까지 거대한 교목으로 성장하는 비법이 무엇일까? 새로운 천 년을 맞이하는 개인과 나라의 지향점이 어찌 다를 수 있을까. 모두들 새천년의 밀레니엄 나무, 느티나무처럼 단단하게 성장해 많은 사람들에게 희망과 용기를 나눠주는 멋진 사람이 되길 바란다.

장수의 비밀,
춘엽과 하엽

우리나라에서 1,000살이 넘게 사는 노거수 60여 그루 중에 25그루가 느티나무라고 한다. 천연기념물로 지정된 느티나무만도 16그루나 관리되고 있다. 느티나무가 오래 사는 이유는 꽃이 작고 열매도 작기 때문이라고 생각된다. 화려한 꽃과 큰 열매를 맺을 때 소비되는 어마어마한 에너지를 아낀 결과가 아닐까? 자손 번성을 위해 쓸데없는 정력을 소비하지 않아서 천수를 누리는 것이다.

느티나무는 다른 나무에서는 볼 수 없는 독특한 성장 전

느티나무 잎. 아래쪽 작은 잎이 춘엽이고 끝 쪽의 큰 잎이 하엽이다.

략을 구사한다. 자유생장이 그것인데, 봄에 잎을 한 번 만들고 여름에 또 한 번 잎을 만든다. 즉, 한 번의 춘엽春葉(봄에 만든 잎)으로 자라기에는 에너지가 부족해서 하엽夏葉(여름에 다시 만든 잎)을 한 번 더 만들어 빠른 성장을 도모한다. 나무가 자라는 원기元氣, primordia를 동아冬芽라고 하는 겨울눈 속에 준비했다가 봄에 잎을 피우는 나무를 고정생장固定生長하는 나무라고 한다. 소나무, 잣나무, 가문비나무, 솔송나무, 너도밤나무와 참나무류가 여기에 속한다.

이에 반해 사과나무, 포플러, 은행나무, 낙엽송, 자작나무 등은 겨울눈 속에 만들어두었던 원기는 춘엽으로 자라고 새로운 원기를 품은 하엽을 만들어 2차 생장을 하는데, 이렇게 자라는 형태를 자유생장自由生長이라고 한다. 춘엽과 하엽은 자유생장하는 나무에서 동시에 볼 수 있다. 우리 주변에 있는 느티나무나 은행나무에서 여름철 장마를 지나면서 새로운 잎이 발생하는 것을 눈으로 확인할 수

느티나무의 춘엽(열매를 갖고 있는 작은 잎)과 하엽(가운데의 큰 잎)

있다. 춘엽은 진한 초록색을 띠며 잎이 작다. 하엽은 춘엽보다 늦게 나와서 연한 초록색을 띠며 크기가 더 크다.

느티나무의 생존 방식은 이렇듯 신비롭다. 일반적으로 명품나무라고 부르는 나무들은 자신만의 특징을 갖고 있다. 권력자의 관재 등으로 사용되거나 특별하게 쓰임새를 가지고 있는 나무로는 가래나무, 황장목, 느티나무, 자작나무, 뽕나무, 박달나무, 벗나무, 다릅나무 등이 있다. 이들 나무의 특징을 보면 다음과 같다.

첫째, 꽃이 화려하지 않고 열매도 보잘것없다.
둘째, 껍질눈이 가로로 길게 연결돼 있다.
셋째, 나무 이름을 보면 두 가지로 쓰고 있다. 화樺(자작나무, 벗나무), 괴槐(회화나무, 느티나무).
넷째, 변재邊材와 심재心材의 색깔이 다르다.
다섯째, 근친교배를 하지 않는다.

느티나무는 이 다섯 가지 조건을 모두 갖추고 있다. 그래서 느티나무를 나무 중의 나무, 황제나무라 극찬하는 모양이다.

고로쇠, 아낌없이 주는
착한 나무

단풍나무는 잎이 예쁘고 단풍이 아름다워 매우 친근감이 느껴지는 나무다. 그런데 같은 단풍나무과의 고로쇠나무는 단풍나무와 전혀 다른 이름을 갖고 있다. 모습 또한 우리나라 단풍나무 가운데 가장 크고 몸집도 우람하다. 그 모습에서 범상치 않은 힘이 느껴진다. 산림청 산하기관 녹색사업단에서 발간한 〈우리숲 큰나무〉에도 이름을 올리고 있는 고로쇠나무는 단풍이 고울 뿐 아니라 사람들에게 많은 혜택을 주는 나무다.

고로쇠나무

지금까지 알려진 고로쇠나무의 의학적 효능을 보면, 잎은 설사를 멈추게 하고 수피는 골절상과 타박상을 치료하는 약으로 사용된다. 여기에 더하여 신비한 생명수로 일컬어지는 고로쇠나무 수액이 가장 널리 알려져 있다.

고로쇠나무에서 수액을 채취하는 모습

왕건의 스승으로 알려진 도선국사가 백운산에서 참선을 끝내고 일어서려는 순간 무릎이 꺾여 주저앉고 말았다. 너무 오랫동안 꿇고 앉아 있는 바람에 무릎의 기능이 마비되었던 것이다. 아무도 없는 무인지경이라 사람의 도움을 받기는 애당초 글렀다. 한 시각이 그대로 지나고 나서야 겨우 기력을 회복한 국사가 곁에 선 나뭇가지를 잡고 힘겹게 일어서려는데 나뭇가지조차 부러지고 말았다. 이대로 다리를 못 쓰게 되면 어쩌누! 인명은 재천이라 했는데 설마 여기 앉아 죽기야 하겠는가. 한동안 앉은 자리

어린 고로쇠나무

에서 용을 쓰다 보니 목이 말랐다. 그
때 부러진 나뭇가지에서 물방울이 뚝
뚝 떨어지고 있었다. 무릎걸음으로 다
가들어 나뭇가지에 입을 대었다. 물은
달았다. 한동안 물을 마셨다. 그제야
갈증이 해소되고 기운이 돌아왔다. 조
금 전까지 쓰지 못했던 무릎이 펴지
고 저절로 일어서졌다.

고로쇠나무의 잎과
열매

도선국사는 이 고마운 나무에게 뼈에 이로운 나무라는
뜻으로 골리수骨利樹라는 이름을 지어주었다. 그리고 뼈
가 아픈 백성들이 손쉽게 구할 수 있도록 골리수를 알리
고 다녔다. 효험을 본 백성들이 골리수 골리수 부르다가
고로쇠가 되었다는 전설이 전해지고 있다. 어쨌거나 고로
쇠나무로서는 도선국사를 만난 덕분에 이름을 얻고 사람
들에게 알려져서 유명세를 떨치고 있다.

이렇게 이름을 지어 받은 고로쇠나무가 현대인들에게 각광을 받고 있다. 지리산과 접해 있는 전라도와 경상남도 지역에서는 고로쇠나무를 심어 소득을 올리고 있다. 고로쇠나무는 식재 후 10년 내외에서 수액을 채취할 수 있다. 겨울에 내린 눈이 아직 남아 있는 이른 봄, 앙상하게 서 있는 고로쇠나무는 짭짤한 농가 소득의 한 몫을 차지하고 있다.

고로쇠 나무   2018.3
                   홍성

다시 쓰는 고로쇠나무
이름의 유래

고로쇠 이름의 유래에 대해 의견을 달리하고 싶다. 지금까지 모든 식물 관련 책에는 고로쇠의 유래에 대해 골리수 골리수 하다가 고로쇠로 변형되었을 것이라는 가정으로 설명하고 있다. 그러나 전라도 어디에서도 골리수를 발음하기 쉬운 고로쇠로 불렀다는 곳은 알려진 바가 없다.

도선국사는 승려로서보다는 음양풍수설의 대가로 널리 알려져 있다. 음양풍수설은 당시 일반 백성들의 생활에 지대한 영향을 끼쳤다. 아마도 도선국사는 전국 방방곡곡을 다니면서 지방마다 음양풍수설을 통해 백성들의 삶을 이롭게 하는 데 도움을 주었을 것이다. 자연히 뼈에 이로운 고로쇠나무를 골리수라고 알려주었을 가능성이 크다는 것을 쉽게 예상할 수 있다.

골리수는 촌노들의 입을 통해 지방마다 발음이 쉬운 이름, 즉 '고리수' 등 다양하게 불리게 되었을 것이다. 이 부분에서 골리수가 고리수, 고로수라고 작명되었다면 어느 정도 발음 논리상 수긍이 간다. 고로쇠란 발음 자체가 골리수처럼 어렵기 때문이다. 이에 도선국사와 친분이 있는 지방의 한 학식 있는 유지가 특히 노인들에게 유용한, 뼈를 이롭게 하는 나무 골리수를 도선국사와 관련이 있고 발음이 쉬운 이름으로 작명할 필요성을 느꼈을지도 모른다.

일반 백성들은 도선국사가 음양풍수설의 대가로서 백성

고로쇠나무 꽃

들의 생활에 지대한 영향을 미치고 혼삿날과 이삿날 택일, 집 짓는 방위 등 모든 것을 통달한 도사 노인이라고 생각했을 것이다. 그렇다고 고로쇠나무를 도선나무, 도사나무라고 하면 백성들이 알 리 어렵고, 그래서 이 지방 유지는 백성들 생활에 유용하고 고마운 나무를 도선국사를 지칭하는 이름, 즉 고로쇠로 작명한 것이 아닐까.

무릎이 아픈 노인들에게는 돈도 안 들이고 인근 산에서 쉽게 구할 수 있는 한의사 같은 나무, 도선국사(고로 노인)를 도운 몸종(돌쇠)나무, 즉 고로쇠나무로 이름을 지었다는 것이 논리적으로 더 타당해 보이기 때문에 이렇듯 내 나름대로의 방식으로 고로쇠 이름의 유래를 감히 주장하고 싶다.

● 고로(古老) : 국어사전에는 경험이 많고 옛일을 잘 아는 늙은이라고 풀이. 모든 것을 통달한 도사, 즉 도선국사.
● 쇠 : 참선하는 도선국사의 옆에서 눈, 비, 햇볕을 가려주고, 무릎을 일으켜 세워준 몸종 같은 나무, 즉 돌쇠나무, 마당쇠나무.

고로쇠나무 잎

고로쇠나무의 잎은 5개의 손가락을 편 모양으로 사람의 손바닥과 너무나 닮았다. 다른 단풍나무는 잎에 톱니가 있는 데 반해 고로쇠나무는 잎 가장자리에 톱니가 없고 부드럽다. 사람의 손은 인류가 숲에서 생활할 때는 자가 치료기구 역할을 했다. 그 흔적이 지금도 우리 생활 습관에 남아 있다.

우리는 몸에 이상이 생기면 습관적으로 이상 부위를 손으로 만지고 문지른다. 이 습관은 우리 유전인자에 남아 있는 기억이다. 우리 할머니들이 손주의 배가 아플 때 손바닥으로 "내 손은 약손"이라며 문질러주면 아픈 것이 가셨던 것도 여기에 해당된다. 실제로 최근 기체조 등에서 손바닥을 마찰하여 열을 내 몸의 특정 부위를 마사지하는 행위가 이루어지고 있다.

손바닥은 다른 신체 부위보다 5% 더 많은 에너지가 발산된다고 하는 연구 자료도 있다. 사람의 손바닥 모양을 닮

고로쇠나무 수피

은 고로쇠나무의 잎도 인간의 손바닥과 그 기능이 비슷하다. 옛날부터 고로쇠나무의 잎은 배가 아픈 증상, 설사에 효능이 있다고 알려져 있다. 즉, 고로쇠나무의 잎과 할머니의 손바닥 모두 우리의 아픈 곳을 낫게 해준다는 점에서 기능과 효능이 닮았다고 할 수 있다.

앞으로 제2의 도선국사 같은 분을 만나 생명수 고로쇠 수액 이상으로 사람들의 사랑을 받게 될 나무도 있지 않을까? 그것이 어떤 나무가 될지는 오직 조물주만이 알고 있을 것이다.

고로쇠나무

| 정호승 |

나는 너희들의 어머니니
내 가슴을 뜯어가 떡을 해먹고 배 불러라

나는 너희들의 아버지니
내 피를 받아가 술을 해먹고 취해 잠들어라

나무는 뿌리만큼 자라고
사람은 눈물만큼 자라나니

나는 꽃으로 살기보다
꽃을 피우는 뿌리로 살고 싶었나니

봄이 오면 내 뿌리의 피눈물을 먹고
너희들은 다들 사람이 되라.

산음 소원바위의
전설

경기도 양평군 단월면에 위치한 국립산음자연휴양림은
우리나라 휴양림 가운데 가장 먼저 개장되었다. 산음자연
휴양림에 개설된 숲 체험 코스에는 사람 앉아 있는 모습
을 한 커다란 바위가 있다. 인근에 거주하는 원주민들에
의하면, 휴양림이 생기기 훨씬 이전부터 이 마을 사람들
이 산을 오를 때마다 이 바위에다 무사하게 해달라는 소
원을 빌었다고 한다.

이곳에 전국 최고의 자연휴양림이 설치되었고, 소원을 빌

산음자연휴양림의 소원바위와 방문객들의 소원 메모들

면 모두 들어준다는 바위의 영험 또한 소문이 나 있으니 이에 걸맞는 스토리텔링이 절실했다. 마침 이 마을의 이장이 산음자연휴양림에서 숲해설가로 근무하는 필자에게 이 바위에 걸맞는 전설을 만들어줄 것을 요청했다.

400여 년 전 조선조 연산군 때 양주골에 강 부자라는 인심 좋은 사람이 살았다. 강 부자는 외아들을 하나 두고 걱정 없이 살고 있었다. 세월이 흐르고 외아들이 결혼할 나이가 되어 건넛마을에 사는 안씨 성을 가진 몰락한 양반가의 처녀를 며느리를 맞았다. 효심이 깊은 외아들은 결혼 후 부부 금실이 너무 좋아 주위에서 아들의 건강을 염려할 정도였다. 하지만 부부 금실이 좋은 것도 탈이었는지 결혼 후 얼마 지나지 않아 손자는커녕 아들의 몸이 눈에 띄게 쇠약해져갔다.

재 넘고 물 건너 모셔온 의원은 아들이 죽을 병에 걸렸다는 진단을 내렸다. 아비는 혼비백산했고 아들은 낙심천만 삶의 의욕을 잃었다. 그 가운데 가장 큰 절망에 빠진 사람은 갓 시집온 며느리였다. 며느리가 잘못 들어 집안이 망했다는 원망이라도 들을까 밤낮으로 정화수를 떠놓고 신령님께 빌었다.

소원바위

지성이면 감천이라 했던가, 어느 날 밤 며느리의 꿈에 신령이 나타났다. "나는 미래 세상을 밝혀주는 미륵불인데, 용문산 북쪽 세 갈래 계곡물이 만나는 곳에 묻혀 있다. 어서 빨리 나를 일으켜 세우면 남편의 병을 낫게 해주겠다."

며느리의 꿈 이야기를 들은 강 부자는 한시가 바쁘게 용문산 지리에 밝은 지관地官 세 사람을 사서 용문산 북쪽 끝자락을 샅샅이 뒤졌다. 지관들은 제각각 다른 방향에서 용문산 북쪽 세 갈래 계곡물이 만나는 곳을 찾아나섰다. 그러기를 보름쯤 되는 날, 세 명의 지관이 용문산 북쪽 세 갈래 계곡물이 합쳐지는 삼천골에서 만났다. 과연 그 자리에 미륵불을 닮은 큰 바위가 누워 있었다. 지관들은 동시에 꿈속에서 신령이 말한 미륵불임을 직감했다. 곧바로 미륵바위를 일으켜 세우고 성대히 제사를 지냈다. 그날 밤 신령님이 나타났다.

"너의 정성이 갸륵해서 은전을 내리겠다. 지금은 비록 첩첩산중이지만 멀지 않은 때에 수많은 사람들이 나의 기를 받으러 이곳을 찾아올 것이다. 그 사람들로 인하여 여기는 큰 마을로 변하게 될 것이고 집집마다 잘살게 될 것이다."

방문객들이 적어 걸어놓고 간 소원 문구들

소원바위에 걸맞는 스토리텔링이다. 지금쯤은 후배 숲해설가들이 내가 만든 소원바위 이야기를 방문객들에게 설명하고 있을 것이다. 생각만으로도 산음자연휴양림에서 근무한 보람이 느껴진다.

우리 주변에서 다양한 전설들이 곳곳에 숨어 있는 경우를 많이 본다. 그 가운데는 힘 없고 의지할 곳 없는 사람들에게 희망을 주기 위해 누군가가 의도적으로 만들어 전해지는 것들도 있을 것이다. 산음자연휴양림의 소원바위 전설도 생사의 갈림길에 있는 환자들, 그리고 마음의 위안이 필요한 모든 이들에게 희망과 용기를 품게 해주는 의미 있는 전설이 되기를 바란다.

나무의 나이테가 우리에게 가르치는 것은

나무는 겨울에도 자란다는 사실입니다.

그리고 겨울에 자란 부분일수록

여름에 자란 부분보다 더 단단하다는 사실입니다.

| 신영복 |

나이테

| 빈수레 |

나는 나무입니다
깊은 산속 늙은 소나무입니다
내 몸집은 한아름으로 안아도 넉넉하고
내 키는 하늘에 닿을 듯 높습니다
내 이름은
큰빛내 금강송입니다

나는 욕심이 없습니다
앙증맞은 새끼 고라니와
예쁜 물총새와 어울려 살지요
내가 바라는 것은
우리 가족이 언제까지나
우리 산을 지키고
나무와 짐승들과 더불어 사는 게
내 소원의 전부입니다

한 해가 갈 때마다
동그라미 하나씩을 그리겠습니다
평화의 시대에는

커다란 동그라미를 그리고
허기지고 목이 마르면
작은 동그라미를 그리겠습니다

산불에 온몸이 오그라들 때는
찌그러진 동그라미를 그리고
비바람이 몰아치는 못된 시절이 오면
구불구불 비뚤비뚤한 아주 흉측한
동그라미를 그리겠습니다

세상 사람들이
무서운 불장난을 해도
나는 묵묵히
세월의 동그라미를 그리겠습니다
그것은 내가 살아온 흔적이고
앞으로 살아갈 의무이기 때문입니다

먼 훗날 사람들이
내 몸에 그려진 동그라미를 보고
세월을 증거해줄 것입니다
나는 세월의 나이를 기록하는
금강송 나이테입니다.

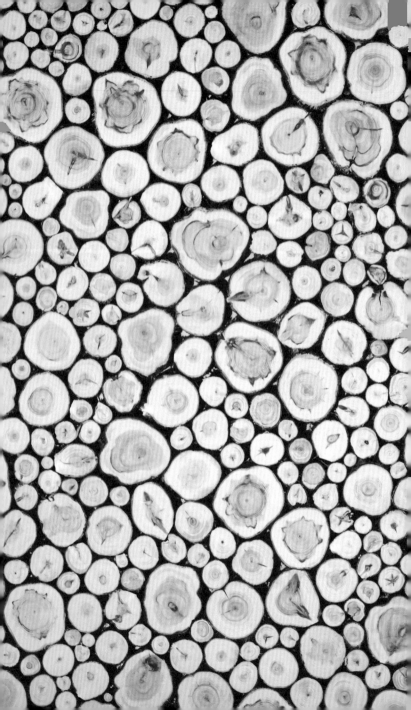

Chapter 3

나도 나무처럼
늙고 싶다

흙수저 고추나무와
임진왜란

고추나무는 우리나라 토종 식물인데도 이름 없이 지내다가 임진왜란 이후 고추나무란 이름을 얻었다고 전해진다. 고추나무는 우리 생활에서 관심을 받지 못하는 나무다. 일생을 자라봐야 기껏 2~3m로 자라는 볼품없는 나무가 고추나무다. 그나마 5~6월에 다소곳하게 피는 흰 꽃이 그런대로 봐줄 만하고, 어린 잎을 뜯어서 나물로 먹을 수 있다는 것 정도로만 우리에게 알려져 있는 나무다. 그런데 우리나라에 자생하는 식물이 왜 하필 임진왜란 이후에야 이름을 얻게 되었을까?

우리 숲 어디에서도 흔히 볼 수 있는 고추나무

임진왜란을 따라 들어온 고추를 처음 맛본 사람들이 너무나 매운 맛에 정신이 나가서 고초苦草(고통스런 풀)라고 부르다 이것이 '고추'가 되었다고 한다. 고추나무를 사람에게 비유하자면, 이름도 성도 없는 무지렁이 상놈으로 살다가

고추나무 꽃

임진왜란 이후에야 성과 이름이 생긴 것이다. 왜 하필 임진왜란 이후에야 이름을 얻었을까? 왜놈들이 이 땅에 쳐들어왔을 때 첩자 노릇이라도 했단 말인가? 그럴 리가 없다. 보는 것도 없고 듣는 것도 없는 적막한 산중에서 첩자 노릇이라니 천부당만부당한 일이다. 임진왜란 때 들어온 매운 고추의 잎과 똑같이 생겨서 고추나무란 이름을 얻게 되었을 뿐이다.

고추나무는 우리나라 숲 어디에서도 흔히 볼 수 있는 관목이다. 필자가 고추나무를 본 것은 깊은 숲 계곡이다.

2~3m의 키 작은 고추나무가 20~30m로 높이 자라는 참나무 그늘에 가려서 햇볕도 받기 어려운 열악한 환경에서 자라고 있었다.

그렇다면 고추나무가 숲에서 하는 역할은 무엇일까? 억지 설명일지는 모르겠지만, 큰 바람이 숲을 덮쳐올 때 줄기가 유연한 고추나무가 바람막이가 되어준다고 한다. 이 말이 사실이라면, 겉보기로는 아무것도 아닌 것처럼 보이는 고추나무가 나무를 보호하고 숲을 조성하는 데 중요한 역할을 하는 것이다. 고추나무는 자신의 운명을 잘 받아들이는 영리한 나무이고, 수천 년을 기다리는 끈기와 앞을 내다볼 줄 아는 현명함까지 갖춘 나무다. 그뿐인가. 작은 키를 극복하고 키 큰 나무들이 햇볕을 가리기 전에 꽃을 피워 종족을 번식시키는 지혜로운 나무다.

고추나무의 열매를 보면 흡사 전쟁과 깊은 관련이 있는 형상이다. 고추나무 열매는 우리 조상들이 입었던 핫바지

고추나무 열매

를 닮았다. 임진왜란 때 임금은 백성을 버리고 의주로 도망갔지만, 나라를 위해 일어선 의병들은 전장에 나갈 때 변변한 군복이 없어 평상복인 핫바지를 입고 전장에 나가 싸웠다. 열매 모양도 영어의 W자를 닮았다. 알파벳 W는 War(전쟁), Win(이기다)의 머릿글자로 전쟁과 관련 있다. 열매의 밑부분은 거꾸로 세운 V자(Victory, 승리) 모양으로 살짝 갈라져 있는데, 옛 무사들이 들고 다니던 방패 모양이다.

우리는 고추나무의 생태를 보면서 눈길 한 번 받아보지 못하고 살아가는 소위 흙수저의 삶일지라도 자신에게 주어진 사회적 역할을 충실히 이행하며 살아가면 언젠가는 그에 맞는 보상과 영광이 주어진다는 것을 깨닫게 된다. 섬나라 수장 도요토미 히데요시의 대륙 정복 야욕으로 빚어진 왜란 앞에서 우왕좌왕하던 조선 조정. 누란의 위기에 처한 국사 앞에서도 동서남북으로 갈라져 싸움을 일삼던 조선의 정치가들. 고추나무보다 못한 한심한 임금은 나라를 버리고 중국에 망명을 기도하지만, 고추나무를 닮은 이 땅의 수많은 민초들이 목숨으로 지켜낸 조선이다. 그런 역사가 오늘날 우리 앞에 재현된다면 과연 오늘의 정치가들은 어떤 행태를 보일지 궁금하다.

고추나무   2018. 3

화강암,
어리석은 우리를 인도해다오

가톨릭대학교 치유지도사 출신 동기생 10명이 뭉쳐서 인왕산과 북악산 숲 체험 산행을 했다. 가까운 거리에서 집회의 구호 소리가 요란하게 들렸다. 대통령 탄핵을 요구하는 집회는 광화문 광장에서, 반대하는 집회는 대한문 앞에서 열리고 있었다. 양대 세력이 죽기 살기로 대치해 서로의 갈등이 최고조로 치닫고 있었다. 현명하게 해결할 수 있는 방법은 정녕 없는 것일까?

숲해설가로서 이 문제의 해결 방법을 어떻게 봐야 할까?

화강암으로 이루어진 인왕산

개인이나 집단 사이에 이해관계가 서로 얽혀 충돌을 일으키는 것을 갈등葛藤이라고 한다. 왼쪽으로 올라가는 칡넝쿨(葛)과 오른쪽으로 올라가는 등나무(藤)를 빗댄 말이 갈등의 어원이다. 서로 반대 방향으로 감아 올라가면서 엉켜 있는 인왕산과 북악산의 칡과 등나무를 몽땅 베어내면 우리 국민의 갈등이 해결될까?

이 세상에 존재하는 모든 사물은 각자의 존재 이유와 가치가 있다고 했다. 그렇다면 화강암으로 이뤄진 인왕산과 북악산의 존재 이유는 무엇일까? 북악산은 어머니 품처럼 이 나라 권부의 상징인 청와대를 품고 있고, 인왕산은 좌청룡 우백호의 풍수지리설에 입각해 청와대를 호위하는 호위무사라고 할 수 있다. 이처럼 훌륭한 조건을 갖춘 청와대에 들어간 역대 대통령들은 왜 하나같이 명예롭게 임기를 마치지 못하는 걸까? 인왕산과 북악산의 생성 모태인 화강암이 문제인가?

화강암花崗岩에 대해서 알아보자. 화강암은 지구의 중심부에서 마그마 형태로 존재한다. 수천만 도의 뜨거운 열기를 품고 있는 마그마는 다량의 가스를 함유하고 있어서 지구 표면의 약한 곳을 찾아 분출할 기회를 노린다. 지금으로부터 약 1.5~2억만 년 전 쥐라기 때 마침내 뜨거운 용암이 지표를 향해 올라오다가 에너지가 부족했는지 4~5km 지하 지점에서 활동을 멈춘다. 그후 장구한 세월 동안 지각이 융기와 침식을 거치면서 지금의 인왕산과 북악산의 형태가 만들어졌다.

우리 조상들은 이렇게 산이 만들어지는 과정, 즉 지하 마그마의 활동을 알고 있었다. 상상조차 할 수 없이 뜨거운 땅 속 마그마는 모든 것을 삼켜버릴 듯 펄펄 끓는 액체로서, 거대한 마그마가 강물을 이루고 출렁이는 모습에서 살아 있는 용의 모습을 연상했던 것 같다. 지하의 살아 움직이는 용이 지상으로 올라와 만들어낸 산을 용에 비유하며 신성시했다. 우리 조상들이 자연경관을 바라보는 대단한 예지를 엿볼 수 있는 대목이다.

화강花崗은 중국의 지명이다. 처음 화강암이 발견된 지명의 이름을 따서 화강암이라고 불렀다. 화강암은 많은 영양분을 함유하고 있어서 물맛을 좋게 하고 나무도 잘 자라게 한다. 외모 또한 여러 가지 형태로 나타나고 있어서 값비싼 건축재로 많이 쓰이고 있다.

이렇듯 인간에게 이로움을 주는 화강암. 더욱이 용이라 여기며 신성시했던 북악산과 인왕산의 화강암이 품고 있는 청와대는 왜 저리도 많은 잘못을 저지르는 불운 가득한 곳이 되었을까? 용이 품어주고 있는 그 좋은 장소에서 왜 이렇게 나라를 시끄럽게 하고 국민을 불행하게 하는 일들이 자주 일어나는 것일까? 지금 벌어지고 있는 좌우 갈등이 과연 이 나라를 위한 건설적인 진통일까?

화강암, 너는 알고 있겠지? 필자가 고등학교 1학년이었

인왕산 화강암

던 1961년 당시를 떠올리면 생각만 해도 끔찍하다. 다시 그때로 돌아간다면 도저히 살 수 없을 것 같다. 우리 자식들은 그때를 이해하지 못한다. 당시 UN에 등록된 나라는 총 120개국이었다. 국민소득 최하위가 인도였고, 우리나라는 75달러로 인도 바로 위인 119등이었다. 당시 필리핀은 150달러로 우리보다 훨씬 잘살았다. 그래서 건설 능력이 부족한 우리를 대신해 필리핀이 우리의 광주 비행장을 건설했다.

그로부터 2년 후인 1963년, 우리나라는 국민소득이 150달러로 껑충 뛰었다. 국민과 정부가 '잘살아보세!'로 일치단결한 결과였다. 같은 해 필리핀 또한 500달러로 급상승해 당시 아시아 최고의 부자 나라였다. 서울 장충체육관도 그해 필리핀이 건설했다. 하지만 지금은 필리핀과 우리나라의 형편이 어떠한가?

북악산과 인왕산의 화강암이여, 지구 중심부에 있을 때의 그 에너지, 그 힘을 발휘하여 국민을 호도하는 쓰레기 같은 정치꾼들을 몰아내고, 어지러운 세상을 올바른 길로 인도하는 현명한 지도자를 찾을 수 있는 혜안을 우리에게 알려다오. 화강암 네가 북악산과 인왕산을 만들었으니 결자해지 차원에서도 당연히.

나라에 헌신한
산벗나무

우리나라에 자생하는 벗나무는 10여 명의 형제가 있다. 그런데 외모가 너무 비슷해서 꽃이 필 때가 아니면 전문가도 구별하기 어렵다. 대부분의 나무들은 수피가 아래위, 즉 세로로 터져 있는 데 반해 벗나무는 자라면서 껍질눈이 좌우, 즉 옆으로 발달한다. 나중에는 가로로 완전히 연결되어 가로 터짐처럼 보이면서 수피 모양이 차별화된다. 조물주가 벗나무에게 세상을 살아가는 방편으로 꽃과 온 세상을 두루 살필 수 있는 좌우의 큰 눈을 주었다고 할 수 있다.

꽃을 활짝 피운 산벚나무

그런데 조물주는 왜 벚나무에게 가로로 발달한 큰 눈을 주었을까? 이는 필시 세상 높은 줄만 아는 출세지향적인 삶 대신 세상 넓은 줄 알고 온 세상을 두루 살펴 봉사하는 삶을 살라는 뜻이 아닐까.

산벚나무 열매

그러나 우리 벚나무 형제들은 서로가 너무 다른 삶을 살았다. 그중에서도 왕벚나무와 산벚나무가 특히 대조적으로 독특한 삶을 살았다. 왕벚나무는 화려한 것을 좋아하고 매우 활동적인 성격을 타고났다. 그래서 잎이 나오기도 전에 아름다운 꽃을 먼저 피워 사람들의 이목을 한눈에 집중적으로 받는다. 꽃의 모양도 잎겨드랑이에 3~6개의 꽃송이가 달리면서 매우 아름답고 화려하다. 이에 반해 산벚나무는 잎과 꽃이 동시에 피면서 꽃 모양도 잎겨드랑이에 2~3송이씩 달려 외모로는 도저히 왕벚나무와 경쟁이 되지 않는다.

왕벚나무는 일찍이 1908년 제주도 서귀포 성당 주임신부로 부임한 프랑스의 타케E. Taquet 신부의 눈에 띄어 독일 베를린 대학의 쾨네Koehne 박사에게 보내짐으로써 왕벚나무의 자생지가 한국의 제주도임을 인정받게 되었다.

일본 도쿄대 식물학 교수 마쓰무라 진조가 왕벚나무의 영어 이름과 한자에 일본이 원산지임을 의미하는 Japanese Flowering Cherry와 동경앵화東京櫻花로 표기했던 것을 해방 70주년을 맞아 영어 이름인 Korean Flowering Cherry로 바꾸었다. 만시지탄이다.

왕벚나무는 아름다운 꽃 덕분에 유학인지, 이민인지, 귀화인지 모호한 상태로 일본으로 건너가 마쓰무라 진조가 지어준 일본 이름 '사쿠라'로 행세하며 일본의의 사랑을 독차지하며 살았다. 지금도 일본 사람의 벚꽃 사랑은 대단하다. 왕벚나무의 고향이 제주도 한라산이라는 것이 밝혀지고 이를 인정받게 되었으니 일본으로서는 자존심 상했겠지만 우리로서는 매우 다행스런 일이라 할 수 있다.

왕벚나무와 전혀 다른 길을 걷는 산벚나무는 부모님이 물려준 튼튼한 몸뚱이(목재)로 첩첩산중 백두대간에 자리를 잡아 살고 있다. 실제 산벚나무는 조직이 치밀하여 전체적으로 고운 느낌을 주고, 너무 단단하지도 무르지도 않아 가공하기가 쉬우며 잘 썩지도 않는 많은 장점을 가졌다. 산벚나무의 활약을 역사 속에서 찾아보자.

고려 때 몽골의 침입을 방어하기 위해 부처님의 말씀을 적은 팔만대장경 경판을 만들 때 60% 이상을 산벚나무로 만들었다. 그러나 선조들은 온몸을 바쳐 국가와 민족을 위해 헌신한 산벚나무 대신 외모가 희고 수려한 자작나무 이름을 남겼다. 팔만대장경 관련한 모든 기록에는 자작나무 화樺로 기록되어 있다. 사람들의 머릿속에 산벚나무의 존재는 없어지고 자작나무가 경판의 재료로 쓰인 충성스런 나무로 기록된 것이다. 슬프고 자존심 상한 일

제주도가 자생지인 왕벚나무의 화려한 꽃송이

이다. 자작나무는 팔만대장경 경판에 겨우 0.8% 정도 사용되었을 뿐인데…….

먼 훗날 전자현미경이 나타남에 따라 경북대학교 박상진 교수에 의해 팔만대장경 경판의 60%가 자작나무가 아니고 산벚나무라는 사실이 밝혀져 오랜 설움과 명예를 회복했다.

조선시대 때 효종이 태자 시절 중국에 볼모로 잡혀갔다 돌아와 즉위한 뒤 북벌정책을 펼쳤는데, 이때 활을 만들어 강한 군대를 육성하도록 했다. 산벚나무의 재질이 탄력이 강해 활을 만드는 데 적합하고 껍질은 활 손잡이 등에 사용하여 손이 아프지 않게 쓸 수 있었기 때문에 효종이 명을 내려 서울 우이동에 산벚나무를 심게 함으로써 나라를 위해 제대로 헌신할 수 있게 되었다.

산벚나무는 조물주의 뜻대로 좌우 큰 눈으로 넓은 세상

을 보면서 나라와 백성을 위해 봉사하며 어떤 대가(출세)도 바라지도 않고, 솔직히 이름도 없이 남의 이름으로 불리면서 오직 나라와 백성을 위해 온몸을 바쳤다.

그 대가일까. 산벚나무의 자존심상 남에게 추한 모습을 보여주기 싫어 싱싱한 모습의 꽃으로 다 함께 떨어지는 모습에 우리 백성들이 감동을 받았을까. 우리 젊은이들이 장가도 들지 못하고 꽃다운 나이에 전쟁터에서 장렬하게 전사한 것을 두고 벚꽃이 떨어지는 모습에 비유해 산화散花라는 말을 사용하고 있다. 이는 그 어떤 나무도 얻지 못한 큰 명예로서 매우 자랑스럽게 뽐내고 싶다.

산벚나무의 형제 왕벚나무는 어떤가. 좌우의 넓은 눈으로 세상을 보라는 부모의 뜻을 무시하고 하늘 높은 줄만 아는 출세지향적인 욕망으로 일본으로 건너가 준국화(나라꽃)로 대접받으며 살고 있다. 우리나라에서도 꽃이 산벚나무보다 좀더 화려하다는 것과 원래 태생이 제주 한라

산에서 자생한 우리 나무라는 이유로 온 나라 가로수에 (특히 지방자치단체가) 왕벚나무 심기에 혈안이 되어 있다. 꽃이 예쁜 다른 토종나무도 많은데…….

국가 전란에 나라를 지키기 위해 온몸을 바쳐 헌신한 산벚나무를 사랑은커녕 눈길조차 주지 않는 우리 백성이 걱정스럽고 원망스럽다. 앞으로 나라에 누란의 위기가 닥치면 누가 이 나라를 위해 목숨을 바치겠는가. 전쟁이 나면 외국으로 도망갈 생각만 하지 않겠는가. 이런 점에서 산벚나무가 우리에게 주는 시사점은 모두가 깊이 생각해 볼 일이다.

산
벚

2018. 2

나무에게 주는 말

| 이성선 |

나무야, 너는 아프냐
너 가까이 있으면

두 팔 벌려 말없이
나를 껴안아주는 나무야

너에게 기대면
사랑하는 사람의 목소리가 들린다

저 하늘 수많은 별들의
생각도 듣게 된다.

낙엽을 몰고 가는
바람의 바쁜 발걸음도 듣는다

너에게 기대면
갑자기 많은 사람이 되는구나

사람에게 기대기보다
때로 네게 기대고 싶다.

무엇이 박달나무를 강하게 만들었나?

박달나무는 우리나라 단군신화에 나오는 성스러운 나무다. 우리 주변에서 흔히 볼 수 있는 서낭당 나무로 많이 쓰일 뿐만 아니라, 물에 가라앉을 정도로 비중이 무겁고 단단하여 다듬이 방망이나 기타 특수한 용도로 많이 쓰이는 나무다. 박달나무의 비중은 0.94로 소나무나 전나무의 거의 두 배에 달한다.

우리말 어원 사전에 '박'은 정(정수리, 꼭대기)과 두頭(머리, 우두머리)로, '달'은 산山과 고高의 뜻으로 되어 있다. 특히

'최고의 나무'라는 뜻의 박달나무

'달'은 고구려의 지명 표기에서 산을 의미하는 단어이다. 따라서 산에 있는 나무 중에서 최고의 나무라는 뜻으로 해석된다. 이름에서만 보아도 박달나무는 우리 민족과 함께 최고의 나무로 대접받으며 살아온 나무다. 이렇게 살아온 박달나무의 성장 과정은 어땠을까? 다른 나무와 무엇이 달리 물에 가라앉을 정도의 단단한 나무가 되었을까? 다른 나무가 갖지 못한 특별한 성장 프로세스가 있는지 관찰해보자.

허물을 벗는
박달나무의 수피

박달나무는 다른 식물에서는 볼 수 없는 허물벗기를 한다. 박달나무가 나이를 먹으면 껍질이 불에 잘 타지 않는 코르크질로 변하여 새로 만들어지는 껍질을 보호한다. 새 껍질이 완전히 성숙되면 본래의 껍질은 큰 조각으로 갈라져 조각조각 떨어진다. 즉, 변화를 시도하는 것이다.

뱀, 가재, 매미 등은 허물을 벗지 않으면 몸이 성장하지 못해 죽는다. 특히 가재는 성체가 될 때까지 계속해서 허물을 벗는 변화를 시도한다. 인간도 경쟁사회에서 살아남기 위해서는 변화해야 한다. 변화하지 않으면 사회에서 도태된다. 〈주역 계사전〉에 나오는 이치를 보면 다음과 같다.

窮則變(궁즉변) 궁하면 변하고
變則通(변즉통) 변하면 통하고
通則久(통즉구) 통하면 오래간다.

우리는 위의 경구警句에서 변화를 빼고 줄여서 '궁즉통窮則通'으로 사용하고 있다. 노력, 즉 궁리해서 변화를 해야만 모든 어려움이 해결되고 소통할 수 있다는 뜻이다. 지구상의 모든 사물은 변화하는 자만이 강하게 되고 소통할

박달나무의 수꽃이삭과 암꽃이삭

수 있다는 사실을 박달나무는 일찍이 터득한 것 같다.

자작나무, 사스래나무, 거제수나무, 물박달나무, 개박달나무 등 자작나무과에 속한 대부분의 나무들을 보면 수꽃이삭은 아래로 처지고 작은 암꽃이삭은 하늘을 향해 곧추서 있다. 하늘을 향하고 있는 작은 암꽃이 어느 정도 익으면 고개를 숙인다. 그러나 박달나무는 다른 나무들과 달리 열매가 완전히 익은 후에도 하늘을 향해 곧추서서 겨울 내내 달려 있다.

매서운 바람이 쌩쌩 부는 추운 겨울에 박달나무의 자그마한 갈색 열매를 보면 '나는 모든 나무의 우두머리 박달이야!' '엄청난 고통의 허물벗기를 괜히 하는 줄 알아?' '누가 감히 나에게 고개를 숙이라고 하는 거야!' 이렇게 외치고 있는 느낌을 받는다. 허물벗기의 고통을 참고 이겨내 단단한 나무가 된 것을, 우리 모두 박달나무의 노력을 인정해주고 최고의 나무로 대우해주자.

가래나무는 왜
황제의 관으로 쓰였을까?

내가 지난해까지 거주했던 지역은 강원도 인제군 인제읍 하추리下楸里 마을이다. 마을 이름이 가래나무와 관련이 있는데, 예전부터 마을 주변에 가래나무가 많이 자라고 있다. 식물학자들은 가래나무를 한자로 梓(가래나무 재)와 楸(가래나무 추)로 쓰고 있다. 가래나무 열매를 추자楸子라 하고 산호두라 부르기도 한다.

강판권 계명대 교수가 쓴 〈나무사전〉을 보면 "가래란 이름이 어디서 왔는지 불분명하다. 아마 흙을 파헤치는 농

황제의 관으로 쓰였던 가래나무

가래나무 잎

기구의 재료였기 때문에 붙여진 이름일 것이다. 열매 모양이 농기구 가래를 닮아서 붙여졌다는 설이 가장 많이 이용되고 있다"라고 쓰고 있다. '가래'는 흙을 파헤치거나 떠서 던지는 농기구이다. 이 가래로 흙을 파헤치거나 퍼 옮기는 일을 가래질이라고 한다. 이처럼 가래는 농사 짓는 데 이로움을 주는 농기구 '가래'에서 이름을 따올 정도로 이롭고 정겨운 이름이다.

그런데 이 가래나무를 보면 왠지 마음이 편치 않다. 가래나무가 내 마음을 우울하게 하는 이유가 뭘까? 첫째는 남자의 비애를 느끼게 하고, 둘째는 우리 민족의 사대주의적인 면을 보는 것 같아 마음이 불편하다. 남자의 비애라니 무슨 말일까? 4월의 암꽃이삭과 수꽃이삭은 모습부터 다르다. 암꽃과 수꽃이 한 나무에 피는데, 암꽃이삭은 머

농기구 가래(왼쪽)와 가래나무 열매

리를 붉은색으로 치장하여 앙증맞게 귀엽고, 하늘을 향해 자신만만한 모습으로 예쁘고 당당히 피어 있다.

반면 수꽃이삭은 암꽃이삭에 비하면 짙은 갈색으로 훨씬 큼직하며, 짝을 만나지 못한 홀아비나 노총각처럼 매사에 기가 죽은 형상으로 아래를 향해 축 늘어져 있다. 수정이 끝나면 수꽃은 전부 땅으로 떨어져 자신이 태어난 숲에 마지막 영양분으로 몸을 던져 생을 마감한다.

검게 익어가는 가래나무 열매

야생동물 사냥, 농사 짓기 등 힘 쓰는 일이 많았을 때 남자의 위상은 높았다. 가족의 먹고사는 문제를 책임지는 가장으로서 남자의 역할은 절대적이었다. 그러나 문명의 발달로 힘보다는 머리로 모든 일을 할 수 있는 세상이 되었다. 특히 여성의 섬세함이 많은 부분을 감당하면서 전통적인 남성 영역이 여성에게로 넘어가고 있다. 가래나무의 수꽃 신세가 인간 사회에서 남성에게도 벌어지고 있다는 생각을 하니 보고 있으면 비애 같은 감정이 올라온다.

재궁梓宮, 직역하면 가래나무로 만든 궁궐이다. 중국 황제의 시신을 담은 가래나무 관을 지칭한다. 중국에서는 오래 전부터 가래나무로 황제의 관을 써왔다. 그런데 중국은 하고많은 나무 중에 왜 가래나무를 황제의 관으로 사용했을까?

가래나무는 재질이 치밀하고 단단하여 총의 개머리판이나 가구 용재로 쓰인다. 황제의 관으로 사용될 수 있는 나

가래나무의 겨울눈

무가 어디 가래나무뿐일까. 나무에 대한 지식이 짧은 내가 생각해봐도 박달나무, 다릅나무, 진시황이 벼슬을 내린 소나무 등등 얼마든지 있다. 그런데 왜 가래나무가 선택된 것일까? 가래나무는 이 영광스런 쓰임에 선택받기 위해 어떤 노력을 했던 것일까?

가래나무의 어린 가지를 잘라 관찰해보면 짙은 갈색의 골속이란 특이한 형태를 볼 수 있다. 나무의 형태학에 대한 지식이 없는 나로서는 깜짝 놀랐다. 그렇다면 가래나무는 태생부터 관으로 사용하기 적당하게 나무 중앙에 아름답고 짙은 갈색의 빈 공간이 있는 상태로 성장했던 것일까? 그러나 가래나무는 황제의 관으로 선택받기 위해, 즉 명품나무가 되기 위해 다른 나무는 하지 않는 엄청난 노력을 하고 있었다.

모든 생물이 다 그렇지만 어릴 때는 외부의 충격에 매우 약하다. 이를 극복하기 위해 가래나무는 자기만의 독특한 방법을 선택했다. 〈주머니 속 나무도감〉의 저자 최호 박사에 의하면, 처음 성장할 때 생기는 빈 공간인 골속은 영양 저장, 벌레의 공격으로부터 안전하게 방어 물질을 저장하여 몸을 튼튼하게 해주는 역할을 한다. 특히 골속은 구조적 긴장을 통해서 몸을 튼튼하게 지탱하는 데 유리하게 작용한다는 설명이다. 하나의 나무도 보이진 않지만 남다른 노력으로 황제의 관으로 선택되는 영광을 차지한 것이라 생각한다.

우리는 중국과 달리 명품 소나무 황장목黃腸木을 임금의 관으로 사용했다. 임금의 관으로 사용하기에 가래나무와 황장목 중 어느 것이 우수한지 판단하기는 어렵다. 우리도 중국의 황제와 같이 왕의 관을 재궁이라고 한다. 그런데 우리는 왜 황장목이란 소나무로 임금의 관을 만들면서 송궁松宮이라 하지 않고 재궁이라 했을까? 송궁이라 했으면 중국과 차별화도 되고 멋진 이름이 되었을 텐데 말이다. 사대주의 사상에 젖어 중국을 따라 '가래나무 재'

자를 지금까지도 쓰고 있는 현실이 안타깝다.

오늘날 우리나라의 방어를 위한 사드 배치에 대해 무역 보복을 자행하는 중국의 행태에 분노하기 전에 과거부터 돌아보자. 이 조그마한 이름에서부터 자주성이 없는 행동에 부끄러운 마음이 앞선다.

나무의 젊음은 바깥쪽을 둘러싸고 늙음은 안쪽으로 고인다.

나무의 늙음은 낡음이나 쇠퇴가 아니라 완성이다.

| 김 훈 |

물푸레나무,
단단함과 부드러움의 두 얼굴

물푸레나무는 매우 아름다운 이름을 갖고 있다. 말 그대로 '물을 푸르게 하는 나무'란 뜻이다. 한자로는 수정목水精木, 수청목水靑木이라고 표기하는데, 둘 다 물이 맑고 깨끗함을 뜻하는 이름이다.

우리 조상들은 일상생활에서 물푸레나무의 장점을 많이 이용했다. 가느다란 쇠물푸레 가지는 도리깨 장치를 만들고, 어린아이 손목만치 굵은 물푸레나무로는 도끼나 괭이 자루를 만들었다. 이렇듯 우리의 일상에서 친근하고 편리

'물을 푸르게 하는 나무'라는 뜻의 물푸레나무

하게 사용되는 물푸레나무지만, 과
거 한때 정치적으로 나라가 혼란스
러웠을 때는 매우 부정적인 의미로
쓰였다.

고려 말 우왕 때 권신權臣인 임견미,
염흥방 무리들은 물푸레나무 몽둥
이를 이용해서 백성들의 농토를 수
탈했다. 소위 '수정목 공문公文'이라
는 희한한 말이 여기서 비롯됐다. 이
들은 물푸레나무로 만든 육모방망

물푸레나무의 단단한
줄기

이를 꿰찬 졸개들을 동원하여 백성들을 잡아다 놓고 불
문곡직 두들겨 패서 농토를 갈취했다. 물푸레나무 육모
방망이를 꿰찬 졸개들이 나타나면 나라의 공문으로 생각
하여 백성들은 농토와 재산을 자진 헌납하게 되었다는
데서 유래된 말이다.

어린 물푸레나무의 잎(위)과 성장한 나무의 잎

물푸레나무의 태생이 어떠하기에 이토록 유명하게 되었을까? 세상에 존재하는 모든 사물은 존재하는 이유가 있다. 물푸레나무가 유명하게 된 데에도 분명 그 이유가 있을 것이다. 그렇다면 물푸레나무의 생장 상태나 외형에서 일반 나무와 다른 점이 있지 않을까?

물푸레나무는 매우 단단한 나무다. 하지만 단단하다는 이유 하나만 들자면 박달나무가 훨씬 더 단단하다. 물푸레나무는 환경 적응성이 매우 뛰어난 나무다. 어릴 때는 햇볕이 잘 들지 않는 음지에서도 잘 견디고, 잎도 모나지 않게 부드러운 모양을 하고 있다. 어린 나무가 자라 어른 나무가 되면 물푸레나무 본래의 성질이 발현되어 햇볕을 좋아하고, 둥그런 모양의 잎도 끝이 길고 뾰족한 모양이 된다. 자람새도 남의 눈치를 보지 않아도 좋을 정도로 성장하고, 자신에게 힘이 있다는 것을 보여주려는 듯 키고 크고 재질도 치밀해진다. 군인 정신의 대명사인 해병들의 전투복처럼 얼룩무늬가 새겨진 물푸레나무의

창덕궁 후원의 물푸레나무 고목

외양에서 남자의 힘을 보는 듯한 강렬함이 느껴진다.

우리 조상들은 자연에서 뭔가를 찾아 쓰는 현명함이 있었다. 원산지가 한국인 물푸레나무의 영어 표기는 'Korean ash'이다. 이름에도 재(ash)가 들어가 있듯 물푸레나무를 태워 만든 잿물로 스님들이 입는 승복을 물들여 입었다. 얼룩무늬에서 느껴지는 강인함을 넘어 잿물로 만들어 입은 스님의 법의法衣를 보면 마음이 안정되고 평화로워진다.

90년대 초 정부의 '석탄산업 합리화 정책'이 추진되고 있을 때, 물푸레나무로 만든 등산용 스틱을 탄광 근로자로부터 선물받았던 일이 생각난다. 1조 5천억 원의 막대한 지원 자금을 공정하게 집행하라는 물푸레나무의 깊은

• 석탄산업 합리화 정책 : 1989년 석탄 소비의 감소에 따라 경제성이 낮은 탄광을 줄이고, 폐광된 지역을 새롭게 개발하기 위한 정책

뜻이 탄광 근로자를 통해 전달된 것이 아닐까. 30여 년이 지난 지금 문득 그런 생각이 든다. 이 사업과 관련해 많은 사람들이 영어의 신세가 되었어도 무탈하게 살아남은 사실이 물푸레나무가 주는 교훈의 도움이 아닌가 싶기도 하다.

어쨌거나 물푸레나무는 수정목 공문이나 스님의 승복이나 모두 일반 백성을 올바른 길로 계도하는 데 이용되었다고 할 수 있다. 자연히 쓸모가 많은 물푸레나무를 가만 둘 리가 없다. 산에서 어린 나무까지 베어가는 바람에 이젠 큰 물푸레나무를 보기 어려워졌다. 우리를 계도하고 이끌었던 명품 물푸레나무, 물푸레나무 잿물로 물들인 승복의 빛깔처럼 모두의 마음에 평화가 깃들길 기원해본다.

물푸레 나무

2018. 3 형수

목련을 닮은 그녀,
우연일까 운명일까?

목련은 나무에서 피는 연꽃이란 뜻이다. 꽃봉오리가 맺혀 있는 것이 붓 모양을 닮았다고 해서 목필木筆이라고도 불린다. 중국에서는 난초 같은 향기가 난다고 해서 목란이라 부르기도 한다. 나무 이름으로는 최상의 대우다. 생강나무, 개나리, 진달래, 산수유 등은 잎보다 꽃이 먼저 피는 나무들이다. 목련 또한 잎보다 꽃을 먼저 피운다. 꽃이 잎보다 먼저 피는 나무들은 잎이 먼저 나고 꽃이 뒤에 피는 나무들에 비해 무언가 남모르게 숨겨놓은 사연이 있지 않을까?

기품 있고 우아한 백목련

그런데 백목련은 이른 봄 성급하게 화들짝 꽃을 피워대는 다른 봄꽃들과 다르다. 처음 나무꼭대기에서 한두 송이 피우기 시작해서 차츰차츰 아래 가지로 내려오면서 대형 꽃을 터트리는 품격이 남다르다. 가히 화중군자花中君子라는 별명에 걸맞게 보는 이를 황홀경에 빠지게 하고도 남는다. 이처럼 기품 있고 우아하게 꽃을 피우는 목련이건만 노랫말은 왜 그토록 슬프고 애처롭게 지었을까? 백목련 그대는 왜 이루지 못할 사랑의 대명사가 되었는가?

제주도가 고향인 우리 토종 목련의 꽃말은 '고귀함'이고, 우리가 알고 있는 중국이 원산지인 백목련의 꽃말은 '이루지 못할 사랑'이다. 다 같은 목련과 꽃나무인데 꽃말은 너무 다르다. 어떤 선각자가 백목련의 꽃말을 만들 때 백목련을 매우 좋아하는 큰 별 하나가 비명에 떨어질 것을 이미 알고 있었던 것일까? 그이는 왜 아름다운 꽃나무들이 수없이 많은데 하필 수명도 짧고 비바람 한 자락에 허무하게 떨어지는 백목련을 좋아했을까?

중국에서 들어온 자목련

활짝 핀 목련꽃

목련과 꽃나무의 생태를 살펴보자. 우리나라 제주도산 토
종 목련은 꽃은 화려하지 않지만 100% 활짝 피어 수명
을 다한다. 반면 중국이 원산지인 백목련은 50%~70%
정도만 꽃을 피우고 수명을 다한다. 백목련을 좋아하는
육영수 여사가 당년 49세에 서거했으니 백목련처럼 50%
만 꽃을 피우고 하세下世했다고 볼 수 있다. 인간의 운명

을 한낱 사람의 능력으로 좌우할 수는 없지만, 백목련의 피우지 못한 50%를 감안해서 백목련의 꽃말을 이루지 못할 사랑이 아니라 '못다 한 세월 아름다운 인연'이라고 지으면 어떨까.

가신 님을

−고 육영수 여사의 서거를 추모하면서

박목월

온 겨레 가슴에 피웠던 목련꽃
홀연히 바람에 지고 말았네
우아한 그 모습 잔잔한 미소
지금도 들리는 다정한 음성
우리는 그님을 잊지 못하리라.

6월의 화단에 때마침 키큰의
화따가 그린한분으로, 보신다
색깔은 1년데 꽃분에 주고
진추라다.

목련

백 목련

8장의 화피를 가지며
못연산 구별기 었다
꽃받은 꽃우거리 비공에
도부하 더라, 3다.

2018.1
현우

글쓴이 **김진록은**…

- 1945년 경북 성주군 수륜면 적송리(赤松里)에서 태어났다.
- 대구로 유학하여 경북고등학교 경북대학교 지질학과를 졸업했다.
- 1973년 상공부 현 한국지질자원연구소에서 당시 4급 을(지금의 7급) 연구원으로 공무원 생활을 시작했다. 암석 속의 꽃가루(pollen)를 추출하여 퇴적 당시의 기후변화 등 자연사를 연구하는 고생물학이었다. 멋진 학문이었는데 계속 연구하지 못한 것이 못내 아쉽다.
- 1987년 산업자원부 석탄산업 합리화 사업단에서 석탄 광산의 구조조정인 '석탄합리화 정책'을 추진하면서, 그 일환으로 강원도 정선의 강원랜드 설립 요원 40명을 선발하여 보내는 등 설립에 깊이 관여했다.
- 2001년 석탄산업 합리화 사업단 기획관리본부장을 끝으로 퇴직하고 정부의 폐광 지역 진흥사업의 일환으로 경북 문경 종합리조트를 기획 단계부터 관여하여 대중골프장 18홀을 완성했다. 골프장 개장 후 2007년 친정인 석탄산업 합리화 사업단(현 한국광해관리공단)에서 고문으로 근무하면서 여유롭게 제2의 인생을 설계했다. 태어난 곳과 직장이 숲과 관련 있었기 때문인지 자연스럽게 숲 관련 일을 하게 되었다.
- 2009년 국민대학교 숲해설가 교육과정을 수료하고 그해 산림청에서 처음 실시한 산림치유지도사 교육과정을 수료했다.

- 2010년 숲해설가로서 첫 근무지인 국립가리왕산자연휴양림 1년, 국립산음자연휴양림 4년, 국립대야산자연휴양림 1년, 원대리 자작나무 숲 2년, 현재는 양구군 대암산 자락 양구생태식물원에서 총 8년의 짧지 않은 기간 동안 숲해설가로 활동하고 있다. 특히 첫 근무지인 국립가리왕산자연휴양림에서 2010년 당시에는 드물게 숲 해설 60%, 건강(치유) 40%로 프로그램을 운영했던 것에 나름 자부심을 느낀다.

그린이 **권형우는…**

- 1989년 금융IT 전문회사 (주)코스콤에 입사하여 증권사, 시장 업무를 두루 거쳐 현재 4차 산업혁명 이후 금융IT 미래를 책임지는 미래성장본부에서 근무하고 있다.
- 어릴 때부터 숲에서 놀고 그림 그리는 것을 좋아했다. 이러한 경험 덕분에 그림작가이자 자연생태를 보며 첨단 IT의 알고리즘을 찾아 담아내는 즐거운 엔지니어이기도 하다.
- 숲해설가, 산림치유지도사 교육과정을 수료했다.